Sina-Aline Geißler

Lust an der Unterwerfung

Sina-Aline Geißler

Lust an der Unterwerfung

Frauen bekennen sich zum Masochismus

MOEWIG

www.MOEWIG.de

Umschlagfoto: Thinkstock/Getty Images
Printed in Germany
ISBN 3-8118-3897-0

Inhalt

Prolog

Eine Umfrage der Hamburger Sexualforscherin Elisabeth Roden ergab, dass jede zweite Frau masochistische Tendenzen hat. Jede Vierte dieser Frauen steht zu ihren Neigungen, doch nur jede Fünfzehnte lebt sie auch aus.

Weiblicher Masochismus ist ein beängstigendes Phänomen, noch immer oder gerade heute. Beängstigend für die Gesellschaft, vor allem aber für die betroffenen Frauen selbst. Zunächst jedenfalls.

Immer mehr masochistische Frauen jedoch finden den Mut, zu ihrer Veranlagung und ihren Bedürfnissen zu stehen – und diese auszuleben.

Zur Freude Gleichgesinnter.

Und zum Entsetzen der Umwelt.

Frauen, die sich dem Mann sexuell unterwerfen, geschlagen und gedemütigt werden wollen – ein Phänomen, das schockiert, da es jeder bürgerlichen Moral zuwiderläuft. Und mehr noch: ein empfindlicher Schlag gegen die Frauenbewegung, eine Verspottung jeder emanzipatorischen Bemühung, ein tückischer Angriff aus den eigenen Reihen. So jedenfalls scheint es.

In Wahrheit ist alles anders. Völlig anders.

Nur: Die Wahrheit kennt kaum jemand. Wer, außer den Betroffenen, sollte sie auch kennen – spielen sich doch die Lust und das Leben einer masochistischen Frau noch immer heimlich, in einer verbotenen, verdrängten Welt ab.

Aber diese Welt existiert. Der weibliche Masochismus lebt. Und er hat seine Berechtigung wie jedes andere Gefühl, jedes andere Bedürfnis auch.

Die weibliche Emanzipationsbewegung fordert Selbstbestimmung und das Recht auf die Erfüllung der weiblichen Bedürfnisse. Dieses Bestreben darf – auch und gerade – das Recht auf Masochismus nicht ausklammern.

Die Kunst, die Veranlagung zum Masochismus in eine selbstbestimmte Frauenexistenz zu integrieren, bezeugt in Wahrheit eine geglückte und wirkliche, eine glaubwürdige Emanzipation.

Es wird höchste Zeit, sie als solche anzuerkennen.

Sina-Aline Geißler

Masochismus – die verbotene Lust

Einleitung

Masochismus – wer das Wort positiv benutzt, erntet vehemente Reaktionen. Worauf lässt sich das zurückführen? Was verbirgt sich eigentlich hinter dem Begriff?

Masochismus – der Begriff löst bei jedem spontane Assoziationen aus: Lust am Leiden, triebhaftes Verlangen nach Schmerz, nach Unterwerfung, nach sexueller Demütigung, freiwillige Annahme einer Sklavenexistenz …

Und fast automatisch ordnen wir diese Bilder dem Reich des Verbotenen, Abnormen, Lasterhaften zu, schicken sie ins Abseits, ins Dunkel, in die Isolation.

Masochismus und masochistische Menschen – das ist nach landläufiger Meinung etwas Krankes, Perverses, sicher auch Bedauernswertes, aber doch sehr Suspektes und irgendwie auch Gefährliches.

Eine Untersuchung amerikanischer Sexualforscher aus dem Jahre 1987 zeigt, dass für »normal« empfindende Menschen die Antriebe sadistisch veranlagter Personen viel leichter nachvollziehbar sind als die von Masochisten. Für die Entstehung einer sadistischen Veranlagung gibt es eine gängige Erklärung: Sadisten sind Menschen, die deshalb unterwerfen wollen, weil sie als Kind unterjocht wurden und nun das Bedürfnis nach Rache haben.

Die Lust zu quälen erscheint allemal verständlicher als die, gequält zu werden. Ein bisschen Sadismus trägt jeder in sich. Und jeder hat diesen Zug – mehr oder weniger entsetzt – an sich selbst festgestellt. Die Antriebe eines sadistischen Menschen sind also verständlich, nachvollziehbar – zumindest in gewissen Grenzen.

Unverständlich indes scheint, dass ein Mensch gequält werden möchte. Jeder Mensch mit gesundem Empfinden muss doch die eigene Unterdrückung ablehnen, muss sich doch aufs Äußerste dagegen wehren, erniedrigt zu werden, körperlich gequält zu werden!

Der Wunsch eines Menschen – mit gesundem Menschenverstand und intakter geistiger Verfassung wohlgemerkt –, körperlich und vielleicht sogar seelisch unterworfen, ja gequält zu werden, verstößt nicht nur gegen unsere Moralvorstellungen und die Gesetze zur Wahrung der Würde des Menschen, sondern auch gegen jedes natürliche Empfinden.

Masochismus ist etwas Unbegreifliches.

Und weil sich der Masochismus und seine Anhänger(innen) noch immer im Dunklen, im Reich des Verbotenen und Verdrängten, des moralisch Geächteten bewegen, nimmt es nicht wunder, dass sie unserer Gesellschaft fremd sind, dass sie beängstigend wirken – und deshalb abgelehnt werden. Ich möchte dazu beizutragen, die auf den Masochismus bezogenen gesellschaftlichen Ängste und Vorurteile zu bekämpfen und abzubauen.

Dies kann nur durch eine sorgfältige Aufklärung gelingen, durch ein allmähliches Ausräumen von Missverständnissen. Und dies wiederum setzt voraus, dass der Schleier, unter dem das Fremde verborgen ist, gelüftet wird, dass ein Zugang gewährt wird zu den Geheimnissen, die diese Liebes- und Lebensform umhüllen.

Denn nichts anderes ist in Wahrheit der Masochismus:

eine Lebensform. Und zwar eine, der genauso die Existenzberechtigung zugestanden werden sollte wie so vielen anderen.

Die Frage »Was ist Masochismus?« ist nicht zu beantworten.

Es gibt nämlich für diese Lebens- und Liebesform ebenso wenig eine allgemein gültige Definition wie für andere Formen der Sexualität und des zwischenmenschlichen Miteinanders.

Masochismus ist immer genau das, was der jeweilige Mensch daraus macht. Der Begriff kann ebenso die Lust nach absoluter Unterwerfung bezeichnen wie das Bedürfnis, sich im klar abgegrenzten Bereich der Sexualität devot zu verhalten, er kann die Lust am bloßen körperlichen Schmerz meinen wie das Verlangen nach seelischer Demütigung.

Masochismus ist nicht mehr als ein halbwegs brauchbarer Sammelbegriff, eine leere Hülse, die jeder mit seinen spezifischen Empfindungen und Wünschen ausfüllen wird.

Masochisten sind einander so wenig gleich, wie sich Menschen mit »normalen« Empfindungen gleichen. Jeder hat andere Vorlieben, setzt andere Prioritäten, hat andere Abneigungen. Jeder ist ein Individuum und repräsentiert als solches ein komplexes Bündel tausendfach kombinierbarer Möglichkeiten, Erfahrungen und Wünsche.

Und trotzdem muss man wohl bei dem problematischen Begriff bleiben, wenn man sich in der Sache verständigen will. Immerhin hat er einen allgemein gültigen Kern, der von individuellen Erfahrungen und Empfindungen unabhängig ist.

Wie sich der Masochismus im Leben eines Menschen offenbart, wie er erlebt und empfunden wird, beantwortet jeder Mensch, jedes Leben anders und immer nur für sich selbst. Um das Phänomen »Masochismus« umfassend zu beschreiben, müsste man wohl das Interesse und die Zeit aufbringen, sich in Hunderte und Aberhunderte verschiedener, nach sozialwissenschaftlichen Kriterien ausgewählter Schicksale einzufinden. Dies würde den Rahmen dieses Buches bei weitem sprengen – und auch nicht meiner Intention entsprechen.

Ich will nicht den Fachwissenschaftler ansprechen. Vielmehr richtet sich mein Buch an jeden, der bereit ist, einzutauchen in die geheime Gefühlswelt, in das verborgene Leben von Masochisten.

Genauer: Es geht um masochistische *Frauen.*

Ja, es gibt sie, zweifellos. Und es gibt immer mehr von ihnen.

Oder richtiger: Es gibt gar nicht mehr von ihnen als in früheren Zeiten, aber immer mehr masochistisch veranlagte Frauen stehen heute zu ihren Empfindungen und leben danach.

Seinen Masochismus ausleben – das ist beileibe kein leichtes Unterfangen.

Denn zu stark ist der Masochismus noch immer tabuisiert, zu hart stößt er an die Grenzen sozialer Vorurteile und gesellschaftlicher Normen.

Dies gilt doppelt und dreifach für den weiblichen Masochismus.

Eine masochistische Frau, die sich offen zu ihrer Neigung bekennt und sie auslebt, ist – gerade heute – ein Skandal. Eine Erscheinung, die ausgegrenzt wird, abgeschoben ins Gebiet des Extremen und Perversen. Man ignoriert sie, so gut es geht.

Um nur ein Beispiel zu nennen: Während in der Regenbogenpresse die Domina, also die sadistisch veranlagte Frau, bereits zum Allerweltsthema geworden ist, ja beinahe zum normalen Erscheinungsbild einer modernen, freizügigen Gesellschaft gehört, ist dort über das Thema »masochistische Frauen« kaum etwas zu finden.

Und das hat seinen guten Grund. Dominas, diese stolzen, ledergekleideten, in High-heels einherwandelnden Frauengestalten, die den zu ihren Füßen knienden Mann gehörig das Fürchten lehren, passen wunderbar ins heutige Zeitbild. Die Frau, nicht länger unterdrückt, sondern nun emanzipiert, als Befehlshaberin fungierend; der Mann, jahrelang Patriarch und Pascha, nun am Boden, um Gnade winselnd – dieses Bild könnte fast ein Leitmotiv der emanzipatorischen Bewegung sein und ist als solches auch akzeptiert.

So findet denn der masochistische *Mann* auch durchaus Akzeptanz. Jetzt bekommt er endlich, was er verdient, nach all den Jahren, stellvertretend für all seine rücksichtslosen und machtbesessenen Geschlechtsgenossen ...

Bildwechsel: Der Mann als Dominus mit sadistisch hartem, gnadenlosem Gesicht, Hand und Peitsche erhoben gegen die wehrlos schwache Frau, die zu seinen Füßen kniet, voller Angst vor den Qualen, die auf sie zukommen ...

Nicht nur bei empörten Emma-Moralistinnen, nein, auch bei der durchschnittlichen Hausfrau nebenan wird Entsetzen laut angesichts einer solchen Vorstellung.

So sind sie halt, die Männer: degradieren die Frau zum Lustobjekt, benutzen sie sexuell, unterjochen, diskriminieren sie.

Ein Lob dem feministischen Freiheitskampf: Keine Frau soll je wieder von einem Mann in diese demütigende, entwürdigende Haltung gezwungen werden. Aufrecht gehen, aufrecht stehen, selbstbewusst, selbstbestimmt; neben ihm, nicht unter ihm …

Und dann plötzlich, ganz unerwartet, ein zartes weibliches Stimmchen, das unsicher, verschämt, fast schon ängstlich verkündet: »Ich will das aber. Ich will mich einem Mann unterwerfen …«

Entsetzen allerorts.

Aber gut. Dieses eine Stimmchen kann man überhören. Eine Verirrte, Verwirrte – was denn sonst? Das kommt vor und gefährdet letztlich nicht die Idee der Frauenemanzipation.

Doch dann eine zweite Stimme, lauter schon als die erste, eine dritte, vierte, fünfte … Selbstbewusst, emanzipiert, frei von Ängsten, bekennen sie: »Es bereitet mir Lust, mich zu unterwerfen!«

Panik. Entsetzen. Die Emanzipation ist in Gefahr. Die Idee verraten. Der Cinderella-Komplex – schnell sind gut klingende Umschreibungen bei der Hand – grassiert im Lager der weiblichen Befreiungskämpfer.

Die Niederlage der Emanzipationsbewegung?

Masochistische Frauen, die sich heute zu ihrer Veranlagung bekennen, beschreiben sich ausnahmslos als äußerst emanzipierte, als durch und durch freie, selbstbewusste Frauen.

Manche von ihnen sind beruflich erfolgreicher als ihre Männer. Viele sind politisch überdurchschnittlich engagiert, kämpfen gegen Gewalt und Unterdrückung.

Und beugen sich abends, selbstbewusst und demütig, dem Willen und der Hand des Mannes.

Ein Widerspruch?

Eine Antwort auf diese Frage möchte ich geben mit den in diesem Buch aufgezeichneten Erfahrungen und Lebensgeschichten masochistischer Frauen.

Ich möchte ihre Begierden und Wünsche, ihre Ängste und Zweifel nachvollziehbar machen. Ihre Einsamkeit im Bemühen um Toleranz und Verständnis. Ihre Enttäuschungen und Verwirrungen. Ihre Suche nach Verständnis seitens der Umwelt.

Ich möchte zeigen, dass in Wahrheit alles ganz anders ist.

Faszination der Angst

Kindheit einer Masochistin

Der Gürtel.

Das glatte Leder fühlt sich kalt an in meiner Hand.

Heute Abend …

Dein Blick war deutlich gewesen, vorhin, beim Abschied an der Tür.

Heute Abend werde ich deine Stärke spüren, deine Leidenschaft – und das glatte, kalte Leder.

Heute Abend …

Angst und Faszination. Erregung und Beklemmung. Alles in mir ist in hellem Aufruhr. Unruhe.

Erwartung.

Heute Abend …

Deine Sklavin werde ich sein,
unterwürfig,
demütig,
gehorsam,
ausgeliefert,
deinen Befehlen gehorchend,
den Schmerz erwartend.
Heute Abend …

Im Spiegel begegnet mir mein vor Aufregung gerötetes Gesicht. Der Blick verwirrt, voller Liebe, voller Stolz: Ich bin eine masochistische Frau.

Demütig will ich sein, gehorsam dir, meinem Geliebten.

Schmerzen will ich – und Zärtlichkeit.

Härte – und Weichheit.

Das war schon immer so.

Seit meiner Kindheit.

Bilder längst vergangener Tage steigen in mir auf:

Zwei kleine Mädchen spielen selbstvergessen im Sand. Das kleinere, das mit den dunklen Zöpfen, bin ich.

Dann plötzlich Angstgeschrei, Panik.

Die berühmt-berüchtigte Wolfsbande stürmt den Spielplatz. Rette sich, wer kann – denn wer in die Fänge der Bande gerät, der ist verloren.

Unser lautes Angstgeschrei übertönt das Rasseln der Ketten, welche die Jungen lässig an ihren Ledergürteln hängen haben.

Wir rennen so schnell, wie wir nur können – schreiend, kreischend.

Und sinken danach, dem Tod knapp entronnen, erleichtert in die Arme unserer Mütter.

Noch einmal gut gegangen, denke ich.

Und doch dieser verbotene Gedanke, ganz heimlich, ganz leise: Was, wenn es einmal nicht gut geht? Wenn sie mich schnappen? Was würden sie wohl mit mir tun?

Ich sah mich in der Bandenhöhle liegen, gefesselt, den Jungen hilflos ausgeliefert. Ritchie, ihr Anführer und der Stärkste von allen, würde Gericht über mich halten, ein Urteil fällen. Schmerzen …

Martin, dem kleinen Jungen aus dem Vorderhaus, hatten

sie ihr Zeichen, den Totenkopf, eingebrannt. Ob sie das auch bei mir …? Mein Gott, diese Schmerzen!

Wenn ich nun das nächste Mal zu langsam wäre …

Aber nein, nein! Hirngespinste, Spinnereien. Ich war immer schnell genug.

In der ersten Klasse der Grundschule kam es wieder, dieses Gefühl.

Dieses seltsame Gefühl, so beunruhigend – und so verboten. Wir hatten die Schule geschwänzt, zu dritt, und waren beim Herumstreunen auf einem Schrottplatz erwischt worden. Der Vater des einen Jungen holte uns ab. Mit wütendem Gesicht befahl er uns, ins Auto zu steigen. Kaum bei sich angekommen, schnappte er sich seinen Sohn und zog ihn am Ohr ins Nebenzimmer.

Und während wir zwei anderen beklommen auf die Ankunft unserer Eltern warteten, ertönten von nebenan die Schmerzenslaute unseres Kameraden, Schreie, Bitten. Und das unnachgiebige Klatschen.

Mitleid überkam uns und Angst.

Aber wieder war da noch etwas anderes bei mir.

Ein Gefühl der Spannung und Aufregung.

Ich rechnete fest damit, ebenfalls verhauen zu werden, hatte mich schon ganz darauf eingestellt. Doch es geschah nichts. Mein Vater hatte Verständnis, erzählte fröhlich von seinen eigenen Dummejungenstreichen.

Glück gehabt.

Aber irgendwie war ich enttäuscht …

Die sonntäglichen Morgenstunden im Bett der Eltern fallen mir ein. Mein Vater erzählte mir Geschichten von bösen Männern, die kleine Mädchen in den Wald verschleppen. Geschichten, die mich davor abschrecken sollten, mit Fremden mitzugehen.

Ich lauschte fasziniert. Die bösen Männer konnten gar nicht böse genug sein. An einem Happyend war ich nicht sonderlich interessiert.

Während einer Wanderung verirrte ich mich tatsächlich einmal im Wald. Ich lief ziellos umher, es wurde dunkel. Vogelstimmen, das Rauschen der Blätter – eine unheilschwangere Stimmung. Ich rechnete damit, nun von einem dieser bösen Männer gefangen zu werden.

Es fand mich tatsächlich ein Mann. Der allerdings drückte mich glücklich an seine Brust, froh darüber, dass mir nichts passiert war: mein Vater.

Im Deutschunterricht schrieb ich diese Geschichte auf. Allerdings gab ich ihr einen anderen Ausgang: Mein Vater ist zwar auch darin froh, mich wiederzuhaben. Er legt mich aber übers Knie, weil ich mich ohne Erlaubnis von der Gruppe entfernt habe.

Meine Eltern lasen die Geschichte ein wenig irritiert.

Mein Lehrer sagte, er hätte mich auch versohlt.

Während des restlichen Schuljahres war ich verliebt in meinen Lehrer.

Angst und Faszination.

Sie stellen sich ein, wann immer von Schlägen zu lesen oder zu hören ist. In Filmen, in Büchern, Erzählungen.

Aufgeregt und bis ins Mark getroffen verfolge ich einen Fernsehfilm mit dem Titel »Zwei Jahre Ferien«. Eine Schulklasse wird während einer Klassenfahrt auf dem Meer entführt. Die Schüler meutern und wollen fliehen – doch ihr Aufstand wird niedergeschlagen. Die zwei Anführer werden am Bug des Schiffes an einen Mast gekettet und ausgepeitscht. Die anderen müssen zusehen.

Ich verfolge die Szene wie gebannt, kann mich kaum mehr ruhig halten auf dem Sofa des elterlichen Wohnzimmers und will doch jede Einzelheit genau mitkriegen. Ich weiß nicht, was in mir passiert. Es ist, als ob ich von jedem Schlag selbst getroffen würde – aber wieder macht sich kein Entsetzen in mir breit. Die Filmszene fasziniert mich und lässt mich nicht los.

Ich spiele sie nach, in meinen Tagträumen. Jetzt hänge *ich* am Mast, diesmal treffen *mich* die Riemen der neunschwänzigen Katze.

Ich kenne die wenigen Worte, die in dieser Szene gewechselt werden, auswendig, noch heute. Ich kenne die Anzahl der Schläge, kann mir das Geräusch der unbarmherzig niederknallenden Peitsche vergegenwärtigen, die Schmerzenslaute …

Mein Vater drückte mich bei solchen Szenen beschützend an sich. »Schau«, sagte er, »so arg musste auch dein Vater leiden. Dir wird so was nie passieren! Dafür sorge ich. Nie würde ich dich schlagen, mein kleines Mädchen. Dir soll das alles erspart bleiben!«

Unliebsame Erinnerungen wurden bei ihm wach, wenn er Szenen von Gewalt sah. Wie hatte er als Kind gelitten! Von seinem Vater wurde er mit dem Ledergürtel geschlagen, nackt, über einen Stuhl gebeugt. Beinahe täglich. Stellvertretend für seine sechs Schwestern mit all ihren Vergehen, denn schließlich schlägt man keine Mädchen, auch nicht zur Zeit des Faschismus, also muss der einzige Sohn der Familie büßen.

Mein Vater litt unter seiner schlimmen Kindheit. Sie ließ ihn nicht los. Wieder und wieder erzählte er von seinen Streichen und den allzu ungerechten Strafen, den allzu harten Schlägen, die er erhalten hatte. »Wie gut hast du es doch«, schloss er meistens. »Immer hatte ich mir vorgenommen: *Mein* Kind erhält niemals auch nur einen einzigen Schlag.«

Ironie des Schicksals: Die glücklich Verschonte, jeder elterlichen Gewalt Enthobene sucht nach dem, wovor sie geschützt werden soll. Unbewusst.

Sie weiß nichts von alledem im zarten Kindesalter. Aber sie richtet ihre Spiele darauf aus, unbewusst und doch sehr zielstrebig.

Heimleiter-Spiele sind als Nächstes angesagt. Mit jedem Jungen, der sich zum Mitspielen eignet. Größer muss er sein und stärker – alles andere ist nicht so wichtig. Und der Ablauf muss stimmen, die Rollenverteilung.

Ich bin immer ein Heimkind, aufsässig, frech. Ich widersetze mich jedem Ge- und Verbot. Zu guter Letzt haue ich ab aus dem strengen Heim – und werde natürlich eingefangen.

Auf diese Szene kommt es an. Jetzt erst wird es spannend. Jetzt erst steht meine Belohnung bevor.

All das weiß ich zu dieser Zeit natürlich nicht. Aber ich sorge doch dafür, dass es zum Strafgericht kommt. Das entwichene Heimkind wird zum Heimleiter gebracht. Es muss kniend auf seine Verurteilung warten. So wollen es meine Spielregeln.

Die Strafpredigt folgt und – endlich – die Verkündung des Strafmaßes. Natürlich muss es eine Körperstrafe sein. Welch eine Enttäuschung, wenn einem Heimleiter außer Hausarrest oder Fernsehverbot nichts einfällt! Dann werde ich ungeduldig. »Entwichene Heimkinder schlägt man«, weiß ich schon mit sieben Jahren ganz genau.

Gegebenenfalls muss die Szene wiederholt werden – bis die Art der Strafe stimmt. Öffentlich, im Hof des Heimes, werde ich an einen Pfahl gebunden und erhalte eine festgelegte Anzahl von Stockschlägen, die ich laut mitzählen muss. Diese Praxis habe ich einem Film entnommen.

Dieses Spiel wird mir nie langweilig. Jahrelang nicht. Auch nicht, als ich schon fast zu alt dafür geworden bin. Allerdings finden sich immer schwerer willige und geeignete Mitspieler.

Von Erziehungsheimen höre ich eines Tages, in denen strenge Maßnahmen zur Erziehung von »bösen« Kindern an der Tagesordnung sein sollten. So genannte Besserungsanstalten. Einem Nachbarskind war mit der Unterbringung in einer solchen Anstalt gedroht worden.

Das war es! Da wollte ich hin! Aber wie sollte ich das erreichen?

»Böse Kinder«, erklärte mir meine Mutter, »das sind Kinder, die ständig lügen, die stehlen und sich schlagen. Das sind Kinder, die ihren Eltern so viele Sorgen machen, dass die sich nicht mehr zu helfen wissen. Du bist ein liebes Kind. Du kommst da nicht hin, keine Angst.«

Jetzt war alles klar. Ich wusste, was ich zu tun hatte, und versäumte keine Zeit. Als Erstes bestahl ich meine Eltern, dann sicherheitshalber auch noch meine Lehrerin. Ich schwänzte die Schule, fälschte sogar die Schrift meiner Mutter für ein Entschuldigungsschreiben, blieb schließlich viel länger als erlaubt von zu Hause weg – und harrte der Dinge, voll freudiger Erwartung. Das Erziehungsheim konnte mir nun keiner mehr verwehren, dessen war ich sicher.

Zu Unrecht. Meine Eltern fragten sich unter Tränen, was sie denn falsch gemacht haben könnten, trösteten mich und erhöhten mein Taschengeld. Ein Beratungsgespräch bei einer Familienpsychologin war die Krönung des Ganzen.

Ein Fehlschlag.

Ich ließ nichts unversucht, meinen Eltern klar zu machen, wie wichtig eine strenge Erziehung für mich sei – doch sie wollten mich partout nicht ernst nehmen. Keiner nahm mich ernst in dieser Hinsicht. Und so erkannte ich recht früh, dass mein Bedürfnis nach Strenge irgendwie seltsam war und ich es am besten für mich behielt.

Kein Erziehungsheim, keine autoritären Eltern, keine bösen Männer, die mich verschleppten. Selbst die Wolfsbande hatte ihren Schrecken verloren, seit sie von den Brüdern eines ihrer Opfer zur Polizei geschleppt worden war und nun um Wohlverhalten bemüht sein musste.

Der Realität war in Sachen Strenge nichts abzugewinnen, das erkannte ich immer mehr. Was blieb, war die Flucht in die unbegrenzten Welten der Fantasie. Und das wenige, was Bücher und Filme zu bieten hatten.

»Die Abenteuer des Tom Sawyer« von Mark Twain fesselten mich. Vor allem einige Szenen, die für die meisten Leser vermutlich nicht besonders aufregend sind, für mich aber …

Gleich zu Anfang, noch auf der ersten Seite, wird Tom von seiner Tante verhauen, weil er Marmelade nascht, und später, aus Liebe zu einer Mitschülerin, gesteht er ein Vergehen in der Schule, das in Wirklichkeit sie, die Angebetete, begangen hat, und bezieht dafür vor der ganzen Klasse eine Tracht Prügel mit dem Rohrstock.

Aufregend!

Die Bücher Karl Mays aber liebte ich noch mehr. Und ganz besonders hatte es mir Winnetou angetan.

Die Geschichten über den Apachen-Häuptling faszinierten mich gleich in zweifacher Hinsicht. Zunächst einmal liebte ich die Figur an sich – diesen großen, starken, unbesiegbaren und doch immer gütigen, verständnisvollen, gerechten und für den Frieden seines Volkes einstehenden Mann. Das war er: der Mann meines Lebens – es gab gar keinen Zweifel.

Im Kinderatlas malte ich mit Rotstift den Fluchtweg ein, der mich, damals achtjährig, zu den Reservaten der Apachen führen sollte. Ich wollte sie überreden, wieder so zu leben, wie es in den Karl-May-Büchern beschrieben war. Und ich war sicher: Dort würde ich auch meinen »Mann« finden – den ich als eine Art Vater oder großen Bruder sah.

Eines Nachts war es so weit. Mit fünfzehn Mark aus der Sparbüchse, einer Landkarte und einem Bild von Winnetou machte ich mich durch das Kinderzimmerfenster auf den Weg hinaus in die große Welt, wo vermeintlich Stärke und Härte regierten. Meinen Eltern hinterließ ich die Nachricht, dass ich eine wichtigere Aufgabe im Leben hätte, als täglich in die Schule zu laufen.

Leider scheiterte meine Aktion schon an der zweiten Straßenkreuzung: Meine Mutter war durch das Klappern des offenen Fensterflügels erwacht. Man versprach mir eine Nordamerika-Reise. Nach dem Abitur …

Die Geschichten von Winnetou waren aber noch auf eine andere Weise faszinierend. Immer wieder gab es Episoden, in denen die feindlichen Stämme das Kriegsbeil ausgruben, sich auf den Kriegspfad begaben und sich wechselseitig gefangen nahmen.

Faszinierend aber vor allem: der Marterpfahl. »Er wird zwanzig Tode sterben« war ein Satz, der mir durch Mark und Bein ging. Und es mangelte nicht an genauen Beschreibungen grausam erdachter Qualen, die langsam zum Tode führten. Blutig gepeitscht wurden die Gemarterten den Geiern zum Fraß vorgeworfen, oder sie wurden mit süßer Tinktur bestrichen, um Insekten anzulocken, oder nackt an Pfähle gekettet, die in unaufhörlich steigendem Wasser standen. Sie wurden gerädert, gebunden, von Pferden zu Tode geschleift. Unter ihren Marterpfählen wurden Feuer entfacht, um sie zum Sprechen zu bringen …

Es gab eine ungeheure Vielfalt an Qualen in diesen Erzählungen. Nicht dass ich mit den Gemarterten unbedingt hätte tauschen wollen. Denn ehrlich gesagt war ich ungeheuer wehleidig. Was mich nicht losließ, war vielmehr die Aussichtslosigkeit der Situation, in der sich die Opfer befanden, war die grausame Erwartung dessen, was kommen würde. Die Lust, die ich bei der Vorstellung dieser Schmerzen und Qualen empfand, ließ mich bald alle entsprechenden Textstellen auswendig herunterbeten. Heimlich, wohlgemerkt.

Die andere Seite meiner Existenz, die vordergründige, war die des fröhlichen Mädchens, das in geduldiger Kleinarbeit Puppenkleider anfertigte, stolz auf dem Klavier erste Etüden von Mozart herunterklimperte und als äußerst fleißige Schülerin galt.

Diese Seite in mir strebte zu den harmlosen, hellen, sicheren und freundlichen Dingen des Lebens. Meine Puppen genossen eine freie, liebevolle Erziehung, meine Aufsätze waren – abgesehen von der genannten Ausnahme – allesamt fröhlicher, unbeschwerter Natur und ebenso meine ersten Kompositionen auf dem Klavier. Ich spielte harmlose Mädchenspiele mit harmlosen Nachbarskindern.

Meine Eltern konnten mich vorzeigen: Ich war das gut erzogene Mädchen, das sich einen lieben Mann und viele, viele Kinder wünschte und so werden wollte wie seine Mami. Letztere strahlte. Ein Kind, das man einfach lieb haben musste, immer hilfsbereit. Und so fröhlich!

Eine Maske.

So beginnt das »Drama eines begabten Kindes«: Sagt mir, wie ich euch gefalle, und so werde ich sein – nein, so werde ich scheinen! Immerhin hielt mir diese hell-freundliche Scheinexistenz den Rücken frei, schaffte Raum für das, was wirklich in mir war und immer stärker an die Oberfläche drang: die Sucht nach dem Dunkel, nach der Angst, nach Schmerzen – danach, Grenzen zu spüren.

Im hellen Sommerkleidchen lief ich, freundlich der Mami am Fenster zuwinkend, angeblich zur Sandkiste, in Wahrheit aber ein paar Ecken weiter, wo mir dichtes Gebüsch

Schutz bot. Kleider runter, Turnzeug drüber – und dann nichts wie los. Hin zum Sportplatz.

Auf dem gab's nur Jungs, Mädchen waren verpönt. Ich wusste das – und ging gerade deshalb hin.

Ich wusste auch die Antwort auf die Frage, ob ich mitspielen dürfe: Hohngelächter, Spott, Pfiffe. »Du?? Ein Mädchen?? Wir sind doch nicht im Kindergarten! Hast ja eh keine Kraft!«

Das war's. Dieses Wort: Kraft.

Ich stürzte auf den Stärksten zu. »Und ob ich Kraft habe!« Ich schlug wie eine Wilde unkontrolliert drauflos, trat um mich. Ich kannte auch den Ausgang dieser »Kämpfe«: kämpfen, um besiegt zu werden.

Danach war ich ruhig. Erlöst. Irgendwie frei.

Im Gebüsch zog ich das Sommerkleidchen wieder an, strich die Haare glatt. »Ein liebes Mädchen, nie macht es sich schmutzig.«

Abends im Bett beäugte ich stolz und glücklich die blauen Flecken auf Armen und Beinen, die ich von meinen Kämpfen davongetragen hatte.

Zeichen …

In den Weihnachtstagen laufen Filme, die im alten Rom spielen. Ich darf sie mir ansehen. Zum ersten Mal höre ich von Gladiatoren – und von Sklavinnen. Ich glaube, meine Bestimmung gefunden zu haben: Ich werde Sklavin. Fehlt nur noch ein starker römischer Feldherr.

Mein Vater schmunzelt: »Das gibt's doch gar nicht mehr, Kind. Gott sei Dank ist diese Zeit vorbei. Sklaverei ist etwas ganz Schlimmes. Niemand darf einen anderen Menschen versklaven, über ihn bestimmen, ihm wehtun.«

Ich weiß nur, dass mir das Leben, das diese Sklavinnen in den römischen Tempeln genießen, gefällt. Aber ich bin zu spät, viel zu spät geboren.

Irgendwann begreife ich diese Filme und Bücher nur noch als Vorlage für eigene Fantasien. Die Fantasien haben den Vorteil, immer auf dem aktuellen Stand, jederzeit abrufbar zu sein, und sie sind ganz genau auf meine heimlichsten Wünsche zugeschnitten.

Das sonnige Leben des braven Mädchens ging unterdessen weiter. Nach der vierten Klasse wechselte ich an ein renommiertes privates katholisches Mädchengymnasium. Zur Freude meiner Eltern.

Und auch ich hatte Grund zur Freude: Einzelne Nonnen, die übrig geblieben waren aus einer ganz anderen Epoche, kramten hin und wieder in ihren Erinnerungen, machten die Geschichte der alten, verwinkelten Gemäuer wieder lebendig, schwärmten von der »guten alten Zeit«, in der man mit solchen wie uns ganz anders umgegangen war. Ihre bloße Existenz, ihre Aufmachung unterstrichen das Ambiente des kargen Gemäuers geradezu perfekt. Ich war total begeistert. Diese Begeisterung steigerte sich noch dadurch, dass uns die Leidensgeschichte Christi Tag für Tag ins Gedächtnis gerufen wurde. Schließlich waren wir Zöglinge eines katholischen Mädchengymnasiums, Sünderinnen allemal, denen das große Opfer Jesu Christi unermüdlich vor Augen gehalten werden musste:

»Sie geißelten ihn mit Dornen blutig, drückten ihm eine Krone aus spitzen Dornen aufs Haupt ... Er wurde zum Tode am Kreuz verurteilt, musste sein Kreuz eigenhändig den Berg hinauf zur Richtstätte tragen, angetrieben durch Peitschenhiebe der Römer ... Dann banden sie ihn ans Kreuz, schlugen ihm Nägel durch seine Hände und seine Füße ...«

Ordensschwester Ludmilla war beeindruckt, wie sehr mich die Leidensgeschichte Christi mitnahm. Wieder und wieder wollte ich sie hören, wollte Näheres wissen. Auch von der Christenverfolgung ließ ich mir wieder und wieder erzählen. Und von Sündern, beispielsweise untreuen Frauen, die gesteinigt worden waren.

Auch das morgendliche Ritual vor dem eigentlichen Schulunterricht gefiel mir sehr gut: Gesang, Gebet, Beichte, eine Stunde Gottesdienst. Erst nachdem wir derart gereinigt und vorbereitet waren, begann der weltliche Unterricht. Kinder aus staatlichen Schulen verlachten uns deswegen.

Auch die Angst, die wir vor unserem Direktor hatten, zog uns den Spott anderer Kinder zu. Zu sehen bekam ihn selten eine Schülerin. Höchstens dann, wenn eine von uns sich derart aufgeführt hatte, dass nur mehr das strenge Wort des Höchsten Besserung versprach. Es dauerte einige Jahre, bis ich ihn selbst zum ersten Mal sah. Trotzdem war seine Macht überall spürbar. Er war sozusagen allgegenwärtig durch Abwesenheit.

Die Atmosphäre des Christentums begann für mich eine prägende Rolle zu spielen. Fasziniert hörte ich von Demut, Askese, von dem Gebot, sich Gottes Willen zu unterwerfen. Auch das Knien nach dem Empfang der Eucharistie inspirierte mich, das Dunkel der Kapelle, die weihrauchgeschwängerte Luft, der beschwörende Gesang, die erdrückende Stille.

Ich hörte von Menschen, die fasten, sich geißeln, auf alle Annehmlichkeiten verzichten – für IHN, für Gott. Ich hörte vom Kloster.

Ein weiteres Mal war ich sicher, meinen Weg nun doch endlich gefunden zu haben: Ich wollte ins Kloster. Es musste die härteste Form des Verzichts sein: alles aufgeben, alles hingeben – für IHN. Schwester Ludmilla wischte sich verstohlen eine Träne der Rührung aus ihren alten, müden Augen, als ich ihr meinen Wunsch vortrug. »Du liebes Mädchen«, sagte sie, »das Leben im Kloster ist heute aber bisschen anders geworden. Ich zeige dir gern einmal ser Kloster.«

An der Hand meiner irritierten Mutter ließ ich mich eines Nachmittags von Schwester Ludmilla durch das Kloster führen. Die kargen Klosterzellen waren freundlichen und recht großzügig eingerichteten Zimmern gewichen. Gefastet wurde so gut wie nie – was die Leibesfülle der Schwestern eindeutig bewies. Und alles in allem unterschied sich der Tagesablauf einer Nonne von heute kaum von dem einer anderen berufstätigen Frau. Alle gingen arbeiten, gaben zwar einen Teil ihres Geldes ab, aber das war, außer der strengen Kleidervorschrift, auch schon fast alles an Einschränkungen. Der Verzicht auf körperliche Liebe erschien mir – damals – äußerst nebensächlich.

Keine Geißelung. Keine Askese. Keine absolute Hingabe.

Ich war enttäuscht. Meine Mutter war erleichtert. Und Schwester Ludmillas gütiger Blick zeigte Verständnis.

Das Leben ging weiter. Meine Suche ging weiter.

Die Suche nach etwas, das ich nicht zu beschreiben vermochte. Ja, ich wusste noch nicht einmal, dass ich auf der Suche war. Aber irgendetwas in mir ließ mir keine Ruhe. Eine tiefe, schmerzliche Sehnsucht trieb mich weiter.

Ich suchte Stärke, Härte, Grenzen – aber gleichzeitig immer auch Liebe.

Irgendwann, nach meiner langen glücklosen Odyssee durch die Realität, begann ich dann mit diesen Geschichten.

Eigentlich waren es nicht nur Geschichten. Es war eine in sich abgeschlossene Welt. Eine Welt, die nur mir gehörte, zu der ich allein Zugang hatte, die von mir geschaffen war. In dieser meiner Welt, die ich mit geschlossenen Augen bis ins Detail genau vor mir sah und heute noch sehen kann, erfuhr ich all das, was ich in der Wirklichkeit vergeblich gesucht hatte: Spannung, Angst, Schmerz, Liebe, Bangen, Hoffen, Erlösung.

Meine erste Geschichte war die einer Farmersfamilie mit vier Kindern. Die Eltern und ihre Kinder mussten hart arbeiten, um überleben zu können. Ich selbst war der kleinste der vier Brüder (ein Junge!) und musste deshalb weniger schwere körperliche Arbeit verrichten, aber jeder Groll, jede Aggression meiner Brüder entlud sich automatisch gegen mich, den Kleinsten, Schwächsten, Hilflosesten. Sie ließen mich im Wald zurück, sperrten mich ein, schlugen mich und ließen mich Dinge tun, die unweigerlich zu einer Bestrafung durch den Vater führen mussten.

Diesen Vater, einen durchs Leben hart gewordenen Mann, fürchtete ich sehr. Aber ich achtete und liebte ihn gleichzeitig grenzenlos, denn er war immer gerecht. Nie schlug er mich oder die Brüder aus einer Laune heraus, alles, was er tat, hatte Sinn, und war manches auch schmerzlich einzusehen, so geschah es doch in Wahrheit für mich.

Ich litt und fürchtete mich und war doch so unendlich glücklich in dieser meiner Welt. Kein Vergehen, das ich nicht beging; keine Gemeinheit, die meine Brüder sich nicht ausdachten; keine Strafe, die ich nicht erlitt …

Den Höhepunkt der Geschichte bildete das Ritual der Bestrafung – ein Moment höchster Qualen, aber auch der Augenblick der Erfüllung und Erlösung. Die Abenteuer und Missetaten hatten eigentlich nur die Funktion, eine glaubwürdige Szenerie herzustellen, vor der das Stück unweigerlich auf immer denselben Höhepunkt zutrieb.

Die Spannung setzte dann ein, wenn klar wurde, dass eine Missetat aufgedeckt war, der Vater davon wusste. Ich zog die Phase der Angst, des Bangens in die Länge, so weit es nur eben ging. Ich genoss die Angst. Die Unmöglichkeit, das Vergehen ungeschehen zu machen. Ich genoss es, der Situation ausgeliefert zu sein, der Macht des Vaters. Alles war ganz wirklich in mir.

Dann der unausweichliche Moment: Ich stand vor dem

Vater. Das Herz schlug mir bis zum Hals. Ich zitterte – auch in Wirklichkeit, in der Sicherheit meines Bettes. Dann das Geständnis. Die Reue. Die Verkündung der Strafe. Die Spannung erreichte ihren Höhepunkt.

Dann die Strafe selbst. Immer war es eine körperliche Strafe. Hart und konsequent durchgeführt, aber immer gerecht. Mein Weinen, Wimmern, Schreien.

Die Tränen flossen in mein Kopfkissen, ich schwitzte, ich schluchzte, war völlig aufgelöst.

Nach der Bestrafung schickte der Vater mich in mein Zimmer. Dort musste ich einige Zeit allein bleiben, um mich meiner Vergehen zu besinnen. Auch diese Szene bedeutete für mich einen Moment unglaublicher Spannung: das Warten darauf, dass er käme, um mich von meiner Einsamkeit zu erlösen.

Schritte. Noch einmal Hochspannung. Ich hielt die Luft an im Dunkel meines Kinderzimmers, zitterte am ganzen Leib. Dann, endlich: Er kommt …

Er nimmt mich in den Arm. Er streichelt mich, tröstet mich. Alles ist vergeben. Er liebt mich.

Das war der schönste Moment, der, in dem alle Gefühle, zu denen ich nur fähig war, harmonisch ineinander flossen. Alles war weich in mir, alles beruhigt und zugleich offen.

Erlösung, Glück.

Langsam tauchte ich auf aus meiner Welt, zurück in die Realität.

Ich betrachtete meinen immer verständnisvollen Vater, der mich nie schlagen würde, aber mich so oft von sich stieß, der ungerecht sein konnte und launisch und bei dem ich mir gar nicht sicher war, dass er mich liebte. Ich betrachtete meine Mutter, für die nur äußerliches Prestige zählte, etwa dass ich Klassenbeste war, noch dazu auf diesem angesehenen Gymnasium für die gesellschaftliche Elite. Wie stolz sie war auf ihr braves Mädchen: Sonne, Klavier, Leistung, Höflichkeit, Mädchenbücher …

Immer öfter tauchte ich hinab in *meine* Welt. Ich kam nach der Schule nach Hause, erledigte meine Schulaufgaben und legte mich häufig anschließend sofort ins Bett. Augen zu und hinein in meine Welt.

Meine Mutter strahlte: So ein braves Kind! Liegt schon im Bett, wenn ich abends um sechs von der Arbeit nach Hause komme. »Für sie zählt nur die Schule, dafür ist sie zu jedem Opfer bereit.«

Opfer …

Eine Zeit lang hatte ich eine andere Geschichte. Für mehrere Monate war ich einer vom Teufel besessenen Frau ausgeliefert, die nach außen hin zwar liebevoll und besorgt war, mich aber in Wirklichkeit verhexte, sodass ich ständig gegen jedes nur erdenkliche Gebot verstieß. Sie zeigte sich dann sehr enttäuscht, war ärgerlich und wütend und bestrafte mich entsprechend hart – immer mit einem undurchsichtigen Lächeln auf den Lippen.

In dieser Geschichte litt ich in dunklen Gängen und Kellern an Ketten und bei Teufelsaustreibungen. Die Frau war für mich zugleich Rettung und Untergang. Es gab kein Entrinnen: Ich war ihrem Einfluss, ihrer magischen Macht, ihrem teuflischen Spiel, in dem sie mir das Böse einflößte, ebenso ausgesetzt, wie ich begierig nach ihrem Trost und ihrer Vergebung suchte.

Die absolute Abhängigkeit. Die perfekte Hingabe.

Neun Jahre war ich alt. Meine Mutter wollte nicht, dass ich Märchen las, weil ich für diese Grausamkeiten viel zu jung sei und außerdem zu sensibel …

Meine geheime Fantasiewelt bestimmte meine Kindheit. Noch heute ist mir kein wirkliches Erlebnis so gegenwärtig wie die Geschichten, die ich erfand. Kein anderes Gefühl kam je auch nur in die Nähe der Empfindungen, die mich während meiner Geschichten befielen.

Die Wirklichkeit war fad, farblos und uninteressant.

Doch trotz der ebenso bangen wie frohen Stunden in meiner Welt wuchs meine Unruhe weiter. Ich wollte *wirkliche* Angst erleben, echte Schmerzen spüren, wahrhaftige tröstende Arme um mich wissen.

Ein letztes Mal versuchte ich das, was ich brauchte, bei meinen Vater zu finden.

Ich fälschte Zeugnisse, schwänzte den Schulunterricht, stahl wieder Geld, diesmal sogar einem wichtigen Kunden meines Vaters.

Jetzt, dachte ich, jetzt *muss* doch irgendetwas passieren!

Um es noch einmal ganz deutlich zu sagen: Dies alles geschah unbewusst. Ich wusste zu diesem Zeitpunkt keineswegs, dass ich Schmerzen spüren wollte, das Gefühl des Ausgeliefertseins genießen wollte, an Grenzen zu stoßen versuchte. Hätte dies jemand behauptet, so hätte ich es wohl entrüstet von mir gewiesen – und es im Übrigen gar nicht verstanden.

Der Tag der Entdeckung kam, mein Lügengebäude brach zusammen, meine Mutter ebenfalls – und was das Schlimmste war, auch mein Vater. Die Enttäuschung schlug sie beide nieder – nur mich schlug niemand. Meine Mutter weinte, und mein Vater seufzte: »Was sollen wir denn nur mit dir tun?«

Darauf hätte ich ihm eine Menge antworten können. Aber ich tat es nicht. Er hätte es selbst wissen müssen: hart und stark sein, gerecht und konsequent durchgreifen – so wie es der Vater in meiner geheimen Welt getan hätte.

Ich weinte ebenfalls, weil es mir so wehtat, dass *er* nicht da war, es *ihn* nicht wirklich gab. Meine Eltern nahmen meine Tränen als Zeichen der Reue und vergaben mir wieder einmal.

Ein kleiner Hoffnungsschimmer war die Unterredung mit unserem Direktor. Schließlich hatte ich Zeugnisse gefälscht. Der Klassenlehrer ergriff mich erbarmungslos und führte mich – zum ersten Mal – die steile Treppe zum Turmzimmer hinauf, in dem sich das Büro des Schulleiters befand.

Ich war auf alles gefasst und schrecklich aufgeregt. Die schwere Holztür öffnete sich. »Hier ist sie«, sagte der Klassenlehrer, schob mich in das Zimmer und ging.

Der kleine verkrüppelte Mann hinter dem großen Schreibtisch schob seinen Stuhl zu mir heran und betrachtete mich mit verquollenen, geröteten Augen. Mit unsicheren Händen ergriff er die gefälschten Zeugnisse, sprach lispelnd und hastig von Paragraphen und dem Prestige seiner Schule. Es folgten ein Verweis und der Hinweis auf einen Schulausschluss bei der nächsten Verfehlung. Das war alles.

Und vor diesem Mann hatte ich mich gefürchtet!

Enttäuschung.

Von der Realität war nichts zu erhoffen. Und auch meine Geschichten genügten mir nicht mehr. Schließlich griff ich zur Selbsthilfe. Natürlich noch immer ganz unbewusst, damals mit meinen elf Jahren.

Es war die Zeit der Sekten. An jeder Straßenecke sangen Hare-Krishna-Jünger, und die Mitglieder der »Kinder Gottes« warteten vor den Schultoren, um uns den Weg in ein besseres Leben zu weisen.

Ich trat nicht etwa einer dieser Sekten bei. Ihre Motive waren mir allzu durchsichtig, außerdem hatte ich kein Geld und war schon deshalb gar nicht interessant für sie.

Aber die Idee als solche gefiel mir gut. Und so gründete ich meine eigene Sekte. Nur für mich.

Ich wurde die wichtigste und einzige Jüngerin der »Black-Moon-Sekte«. Black Moon, der Führer, der Gott, war ein grausam harter Mensch, immer in Schwarz gehüllt, das Gesicht war nicht zu erkennen. Er kannte weder Mitleid noch Gnade. Nur Härte und strikten Gehorsam.

Ich kaufte ein dickes schwarzes Buch. In dieses »Black-Moon-Buch« verzeichnete ich fein säuberlich über hundert Gesetze, deren Einhaltung für mich strengste Pflicht war. Es waren Vorschriften über die Kleidung und das Essen, Gehorsamsübungen, Leistungsforderungen und vieles mehr. Bei Verstößen gab es harte Strafen, die ebenfalls in das Buch eingetragen wurden.

Am Klavier komponierte ich den »Black-Moon-Song«. Längst hatte ich eine geheime Vorliebe für Bach, Chopin und Debussy entdeckt, während meine Eltern von mir bevorzugt Mozart und Haydn zu hören bekamen. Dunkle, schwere, mystische Klänge. Trauermärsche. Versunkene Kathedralen, deren Glocken um Mitternacht im Nebel schlugen.

Nach dem musikalischen Einstieg musste ich niederknien. Ich hatte mir einen kleinen Altar errichtet mit Bildern, einer Kerze und einem Spiegel, vor dem ich mich niederließ. Dann kam die Stunde der Beichte. Ich gestand meine Vergehen auf einem harten, rauen Stück Holz kniend, das ich auf dem Dachboden gefunden hatte, und bat um Gnade. Black Moon gewährte sie mir nie. Die Strafe wurde verkündet. Ich nahm sie dankbar hin und bat um Vergebung.

Ich besaß eine kleine Peitsche – Teil eines Faschingskostüms als Dompteuse –, die ich mit Schuhbändern aus Leder verstärkt hatte. Andere Strafinstrumente waren Gürtel, Kochlöffel und Stöcke.

Ich musste mich entblößen und über einen Schemel legen. Den Spiegel stellte ich so, dass ich nur die schlagende Hand zu sehen bekam.

Mit ruhiger Hand vollzog ich die Strafe, immer fiel sie hart aus. Fünfzig Peitschenhiebe, zwanzig Stockschläge. Dann musste ich auf Knien für die Strafe danken und ein fünfseitiges selbst verfasstes Gebet aufsagen.

Zum Abschluss kam ich ins Bett – nackt. Ich schmierte mich mit Salbe ein, die zwischen meinen Beinen brannte, musste Stunden in unbequemen Lagen, mit einem Fieberthermometer bestückt, im Bett verbringen, manchmal auch mit ausgestreckten Armen in einer Ecke stehen, bis kurz vor dem Umfallen.

Meine Mutter freute sich über ihr fleißiges Mädchen, das alle Aufgaben längst erledigt hatte, wenn sie abends von der Arbeit nach Hause kam. Mein Vater war stolz auf meine guten Schulnoten – ohne zu wissen, dass ein Gesetz der Sekte mich zu diesen guten Noten verpflichtete …

Am ersten Schultag nach den Sommerferien, in der Quinta, saß sie da. Eine Neue. Ausgerechnet neben mir.

Ich beachtete sie zunächst gar nicht, und sie selbst sprach auch kein Wort. Das fiel allen auf, bald auch dem Lehrer. Irgendwann schließlich fragte er sie, warum sie so verschlossen sei und ob sie nicht von sich erzählen wolle.

Stockend begann sie, ihre Geschichte zu erzählen. Erzählte von strengen Eltern, von Qualen und Schlägen, die sie zu erleiden hatte, und von harter Arbeit, die sie täglich bis in die Nacht hinein verrichten musste.

Alle schwiegen betroffen. Ich schluckte. Der Lehrer schüttelte seltsam berührt den Kopf.

Was keiner wusste, außer dem Lehrer natürlich, und sie mir erst später anvertraute: Sie hatte gar keine Eltern. Sie lebte in einem Internat, das für seine freie Erziehung bekannt war …

Sie wurde meine beste Freundin.

Wir liefen stundenlang Hand in Hand durch die Straßen. Im Schulhof erfanden wir Geschichten von verstoßenen Kindern und armen Waisen. Wir malten und schrieben sogar eine eigene kleine Zeitung: »Schreckenserlebnisse eines Heimkindes«. Darin waren Berichte von den neuesten und grausamsten Strafmethoden zu lesen und Schreckensstorys von gnadenlosen Erzieherinnen.

Wir erfanden Krankheiten für uns beide, die nur mit den schmerzlichsten Methoden zu heilen waren: mit übergroßen Spritzen, stundenlangem Fiebermessen und qualvoll brennenden Salben. Die Hausapotheke meiner Eltern leerte sich auf eigentümlich rasche Weise.

Ich war glücklich. Endlich hatte ich eine Verbündete. Eine Schwester. Endlich war ich nicht mehr allein.

Ich brauchte keine Traumwelt mehr, keine Flucht mehr in die Fantasie. In der Wirklichkeit, mit meiner Freundin, konnte ich nun all das erleben, was ich zuvor nur in meinen Geschichten gefunden hatte.

Aber ich wollte gerne beides haben: die Wirklichkeit und die Traumwelt. Besser gesagt: Ich wollte beides miteinander verbinden.

Ich fasste Mut und erzählte zum ersten Mal einem anderen Menschen von meinen Geschichten und auch von meiner Sekte. Ich wollte sie, die mir so gleich war und die mich so gut verstand, in diese Welt und in meine Sekte aufnehmen. Sie hörte zu. Sie betrachtete neugierig das schwarze Sektenbuch, las die Gesetze, die darin verzeichnet waren, und die dazugehörigen Strafen. Sie bestaunte die selbst gebastelte Peitsche.

Und dann lachte sie los.

Sie lachte mich aus.

Sie. Sie kicherte über das, was das Wichtigste für mich gewesen war: über meine Welt, meinen Traumvater, die

Sekte – über meine Gefühle. »Quatsch« nannte sie das, was mein Leben ausgemacht hatte. Und ich war so sicher gewesen, dass es ihr ebenso gefallen würde wie mir selbst!

»Sektenzeug« fand sie doof. Die Doktorspiele waren etwas anderes. Aber selbst dazu hatte sie keine rechte Lust mehr. Sie ging. Lachend.

Ich weinte ein ganzes Wochenende. Um sie. Um mich. Um einen verlorenen Traum, eine zerstörte Welt, einen gestürzten Gott.

Danach wurde ich ruhig. Ich hatte begriffen: Das, was ich tat, was ich wollte und was mich glücklich machte, war nicht richtig, war nicht normal.

Ich war anders als die anderen.

Ich war allein.

Melchior: ... Was hast du vorhin geträumt, Wendla, als du am Goldbach im Grase lagst?

Wendla: – – Dummheiten – Narreteien –

Melchior: Mit offenen Augen?!

Wendla: Mir träumte, ich wäre ein armes, armes Bettelkind, ich würde früh um fünf schon auf die Straße geschickt, ich müsste betteln den ganzen langen Tag in Sturm und Wetter, unter hartherzigen, rohen Menschen. Und kam ich abends nach Hause, zitternd vor Hunger und Kälte, und hätte ich so viel Geld nicht, wie mein Vater verlangt, dann würd ich geschlagen – geschlagen ... Ich, Melchior, bin in meinem Leben nie geschlagen worden – nicht ein einziges Mal. Ich kann mir kaum denken, wie das tut, geschlagen zu werden. Ich habe mich sehen selber geschlagen, um zu erfahren, wie einem dabei ums Herz wird. – Es muss ein grauenvolles Gefühl sein.

Melchior: Ich glaube nicht, dass je ein Kind dadurch besser wird.

Wendla: Wodurch besser wird?
Melchior: Dass man es schlägt.
Wendla: – Mit dieser Gerte zum Beispiel! – Hu, ist die zäh und dünn.
Melchior: Die zieht Blut!
Wendla: Würdest du mich nicht einmal damit schlagen?
Melchior: Wen?
Wendla: Mich.
Melchior: Was fällt dir ein, Wendla!
Wendla: Was ist denn dabei?
Melchior: O sei ruhig! – Ich schlage dich nicht.
Wendla: Wenn ich dir's doch erlaube!
Melchior: Nie, Mädchen!
Wendla: Aber wenn ich dich darum bitte, Melchior!
Melchior: Bist du nicht bei Verstand?
Wendla: Ich bin in meinem Leben nie geschlagen worden!
Melchior: Wenn du um so etwas bitten kannst ...!
Wendla: – Bitte – bitte –
Melchior: Ich will dich bitten lehren! – (Er schlägt sie.)
Wendla: Ach Gott – ich spüre nicht das Geringste!
Melchior: Das glaub ich dir – – durch all deine Röcke durch ...
Wendla: So schlag mich doch an die Beine!
Melchior: Wendla! – (Er schlägt sie stärker).
Wendla: Du streichelst mich ja! – Du streichelst mich!
*Melchior: Wart, Hexe, ich will dir den Satan austreiben! (Er wirft den Stock beiseite und schlägt derart mit den Fäusten drein, dass sie in ein fürchterliches Geschrei ausbricht. Er kehrt sich nicht daran, sondern drischt wie wütend auf sie los, während ihm die dicken Tränen über die Wangen rinnen ...)**

---

* Aus: Frank Wedekind, Frühlings Erwachen.

Kämpfen, um besiegt zu werden

Jugend einer Masochistin

Die Pubertät kam – auch für mich. Früh und gewaltig. Und mit ihr all die neuen Empfindungen und Wirrnisse, denen ein junges Mädchen eben ausgesetzt ist in dieser Phase.

Mein Spiel hatte ich vergessen, das Sektenbuch verbrannt. Der Spiegel gewann an Wichtigkeit. Es folgten die üblichen Teenager-Liebeleien, der obligatorische Liebeskummer.

Ich galt als Power-Frau, wild, arrogant, unzähmbar – und sehnte mich doch so sehr danach, gezähmt zu werden.

Ich war beliebt und begehrt und hatte viele Freunde, die alle sehr lieb zu mir waren. Zu lieb.

Ich provozierte. Ich tobte, ich wütete und schrie, ich schlug um mich: Los, bezwingt mich, wollte ich schreien, wann kommt endlich einer …?

»Eine Wahnsinnsfrau, ein Hammer von einem Weib, alle Achtung!« Die Umwelt, speziell ihre männlichen Vertreter, gingen in die Knie vor Bewunderung.

Unter meiner Power-Schale weinte ich, flehte um Erlösung. Wenn doch endlich einer käme …! Wenn doch einer dem Ganzen endlich ein Ende machen würde! Wenn einer sagen würde: Jetzt reicht's! Wenn einer mal zurückschlagen würde!

Ich drehte mich, hysterisch fuchtelnd, um mich selbst. Immer im Kreis herum. Ziellos. Haltlos. Ich kannte keine Grenzen mehr – und wollte nichts anderes, als an eine zu stoßen.

Meine Pubertät wurde zur Schreckenszeit für meine Eltern. Ich wurde Rockerbraut, Punkerin, rauchte, trank, stahl, trieb mich herum. Auch dem standen sie hilflos gegenüber, nicht wissend, wie hilflos ich selbst war. Sie trösteten sich, so gut es ging: »Das ist der gerechte Ausgleich für ihre brave Kindheit …«

Ich rotierte weiter: Wo ist es? Wo ist er? Wo sind die Grenzen, die ich suche, die ich brauche? Stärke suchte ich, Autorität, Dominanz. Auch Liebe, Verständnis, Wärme. Den Schmerz und die Erlösung.

Ich raste im Wahnsinnstempo durch die Zeit und durch Beziehungen, durch Hoffnungen und Enttäuschungen. Neue Beziehungen, neue Hoffnungen … Ich zerstörte Illusionen, um neue aufzubauen.

Keiner kam. Im Kino weinte ich, als ich Rhett Butler sah in »Vom Winde verweht«. Bei dieser Szene, in der er *endlich* dieses zügellos egozentrische, ach so hübsche Weib packt, ihr zeigt, wo's langgeht. Ich begriff ihre (gespielte) Abwehr und noch besser den Glanz in ihren Augen am nächsten Morgen.

Warum kann ich nicht sie sein? Wo ist *mein* Rhett Butler? Ich verachtete die, die scheinbar alles taten, um mich glücklich zu machen – und doch nichts. Die, die mich zu lieben behaupteten und nicht merkten, wer ich war. Die, die alles verstanden, alles vergaben. Ich verachtete sie so, wie ich meinen Vater verachtet hatte. Sie nannten es Einfühlung, Verständnis – ich nannte es Gleichgültigkeit, Leichtfertigkeit, ja Ignoranz.

Ich war ohne Halt, ohne Grenzen, allein.

Und ich kämpfte. Diesen aussichtslosen Kampf um meine Niederlage. Ich kämpfte auch gegen all die unwirklichen Autoritäten, gegen die Gesellschaft, meine Eltern, die Schule.

Ich provozierte – jeden. Raste weiter, von einer qualvollen Unruhe getrieben. Einer musste doch mal …

»Ich schlage keine Frauen«, sagte mir Johnny, der Anführer einer Rocker-Gang, hilflos, nachdem ich ihn vor allen blamiert und sogar angegriffen hatte. Johnny, der wegen seiner Brutalität so gefürchtet war …

Ruhelos irrte ich weiter. Immer auf der Suche nach – ich weiß es nicht.

Und wieder blieb nur die Flucht in die Fantasie. Noch einmal die Zuflucht in eine andere Welt.

Einen Vater, der weiß, wie er mit mir, dem Kind, umzugehen hat, gibt es diesmal nicht mehr. Jetzt ist diese harte, gerechte, liebevolle Gestalt der Kindertage zum Mann geworden. Er hat dieselben Züge, dieselben Augen: hart und voller Wärme.

Und er hat Macht. Eine unerklärliche, stille Macht und Dominanz, die keine Beweise braucht, die nicht hinterfragt werden muss.

Jetzt bin ich Frau, junges Mädchen geworden in dieser meiner dunklen, aber beschützenden Welt. Und ich liebe mit jeder Faser meines Körpers diesen Mann – nun auch reifer, körperlicher, als ich zuvor den Traumvater geliebt habe.

Wieder lehne ich mich gegen die Anordnungen dieser Gestalt auf, verstoße gegen jede Abmachung. Wieder die Spannung, die Angst vor dem Moment der Entdeckung. Wieder die Strafe.

Die Vergehen haben sich geändert, die Strafen sind andere geworden. Die Gefühle sind dieselben geblieben: Angst und Faszination.

In seinen Armen werde ich zur Frau, mein von Schlägen erhitzter Körper erfährt durch ihn die erste körperliche Lust und Befriedigung.

Er ist nicht zaghaft. Kennt keine falsche Rücksicht wie die anderen. Und doch verletzt er mich nie. Niemals wirk-

:h. Er verlangt das Absolute. Die vollkommene Hingabe. Die Offenbarung meiner geheimsten Wünsche.

Ich gebe sie preis. Ihm allein. Ich weiß, dass er sie schützen wird.

Die Freundschaften, die erste Sexualität mit Gleichaltrigen langweilten mich.

Doch ich funktionierte. Tadellos.

Eine leere Hülle. Eine Maske.

Eines Tages gebe ich ihm einen Namen: Jackson.

Ich besorge ein goldenes Namenskettchen, lasse seinen Namen eingravieren. Ein Schleier der Uneinnehmbarkeit umgibt mich fortan. Meine männliche Umgebung reizt dies nur noch mehr.

Aber gegen IHN hat keiner eine Chance.

Ich wurde ruhiger. Verträglicher. Die Schulnoten besserten sich. Meine Eltern atmeten auf: Geschafft! Sie hat die Pubertät überwunden.

»Man sieht dir das Glück an, Kind«, sagte meine Mutter mit einem zufriedenen Blick auf irgendeinen persönlichkeitslosen Jüngling mit harmlos aufrichtigen Absichten. Sie war sich sicher: »Er ist so zielstrebig, genau der Richtige für dich!«

»Tu mir weh, bitte!«, bettelte ich ihn, den Wirklichen, an, als unsere sexuellen Begegnungen für mich unerträglich wurden. »Schlag mich!«, bat ich noch einmal.

Er sprang entsetzt aus dem Bett und in seine Kleider. »Ich bin doch nicht pervers!«

Jackson weiß, was zu tun ist.

Dafür, dass ich ihn mit diesem farblosen Jüngling betrogen habe, muss ich büßen. Peitschenhiebe auf den Rücken, auf die Beine und zwischen sie. »Das gehört mir«, sagt er.

Aber ja, nur ihm, das weiß ich doch. Ich zerfließe, gebe mich hin. Ihm, dem Schmerz, der Lust …

Meine Mutter machte sich Sorgen: Schon wieder ein Hoffnungsträger, ein potenzieller Schwiegersohn entwischt.

»Vielleicht bist du zu stark«, mutmaßte sie, ganz mütterliche Besorgnis. »Lass ihnen doch das Gefühl, der Stärkere zu sein. Ein Mann braucht das eben.«

Jackson wird härter, brutaler.

Er zwingt mich in obszöne Posen. In ordinären Stellungen befiehlt er mir Handlungen an mir selbst. Täglich peitscht er mich.

Ich liebe ihn umso mehr.

Im Schreibwarengeschäft gab es eine Neuheit: Briefpapier mit Siegel und Eisenbuchstaben, die man in Wachs pressen musste. So konnte jeder seine Briefe versiegeln und mit seinen Initialen versehen. Der Renner in der Klasse.

Ich kaufte ein Siegel mit dem Buchstaben J, hielt es minutenlang in die Flammen und presste es mir auf die Brust.

Der Schmerz ließ mich laut aufschreien, aber ich war glücklich.

Keiner sollte mich mehr berühren. Nur er. Immer nur er. Sein Zeichen würde sie alle abschrecken.

Ich war so stolz. Ich wäre am liebsten nackt herumgelaufen, damit alle das Zeichen sahen. Auch wenn der Bogen fehlte und die Narbe daher eher wie ein I aussah …

In meiner Welt, mit Jackson, bin ich glücklich.

Niemand kann sie mir nehmen, diese Liebe zu ihm, keiner sie zerstören.

ER ist immer da. Er liebt mich so, wie ich bin.

Ich weiß nicht, wie er aussieht. Er bleibt ein verschwommener dunkler Fleck für mich. Ich sehe nur den Ausdruck in seinen Augen: weich, liebevoll, sanft – und grausam, hart, sicher.

Meine Mutter machte sich wieder Sorgen. Ich führte ein allzu beschauliches Leben für eine knapp Achtzehnjährige. Schule, Hausaufgaben in meinem Zimmer, dann früh ins Bett – sonst nichts.

Also zwang ich mich ein- bis zweimal die Woche unter die Menschen, hinaus ins Leben.

Vergeudete Zeit, Zeit ohne Jackson, Zeit ohne Gefühle.

Bei einem Diskussionsabend treffe ich Daniel. Er zieht mich an, weil er sonderbar wirkt. Verschlossen. Ruhig. Ich wittere verwandtschaftliche Gefühle. Er spricht nur, wenn es von Bedeutung ist, was er zu sagen hat, und dann ruhig, klar und bestimmt.

Ich versinke in seinen Augen. Einen kurzen Moment lang sind es Jacksons Augen. Sie halten stand. Ruhig, ohne Aufregung.

Nur ich bin aufgeregt und unruhig und bekomme Angst. In der Pause stehle ich mich davon, weil ich diesen Blick nicht aushalte, weil mir etwas darin bedrohlich nahe kommt. Ich muss mich schützen, meine Gefühle und natürlich Jackson. Und doch sitze ich eine Woche später wieder dort, wie von fremder Hand gesteuert.

Er ist da. Lächelt unverbindlich.

Er weiß ungeheuer viel und kommt mir vor wie ein Fels in der Brandung mit seiner Ruhe und seiner Gelassenheit. Ich spüre die Kraft und die Stärke, die von ihm ausgehen, von ihm, der nur einen halben Kopf größer ist als ich. Ich versuche mich dieser Kraft zu entziehen, ich kämpfe um Jackson, meine gesicherte, heimliche Welt – umsonst.

Ich ergebe mich Daniels Blick, seiner Ruhe, seinem Wissen. Nach dem vierten Abend nimmt er mich an der Hand, einfach so. Ruhig, nicht hastig, fast selbstverständlich.

Ich bin verliebt. Das erste Mal. Ich spüre seine Überlegenheit, die so ganz anderen Ursprungs ist, als ich vorher glaubte.

Er hebt fragend die Augenbraue, als er das eingebrannte J entdeckt, sagt aber nichts. Er sagt ohnehin nicht viel.

Auch ich bin ruhig, immer ein bisschen befangen in seiner Gegenwart. Er bleibt mir fremd, ein Rätsel. Er macht mir auch Angst. Meine Gefühle für ihn zwingen mich zur Aufgabe meines bisherigen Lebens, zur Aufgabe von Jackson. Ich träume nicht mehr von Schlägen und Gewalt, Marter und Qual.

Ich bin glücklich – durch meine Liebe zu ihm.

Irgendetwas in mir erträgt dieses Glück jedoch nicht, die Ruhe. Die Unruhe kommt wieder, der stille Drang, Grenzen zu erforschen. Ich spiele das alte Spiel meiner Mädchenjahre: Provokation, Streit, Wut.

Daniel ist überrascht, irritiert. Aber er bleibt ruhig. Das bringt mich aus der Fassung, treibt mich weiter. Ich will, dass er seine Ruhe verliert, ich will, dass er aus der Haut fährt, ich will, dass er wütend wird, ich will, dass er …

Eines Abends inszeniere ich einen Streit um nichts, steigere mich mit endlosen Monologen in einen dramatischen Höhepunkt hinein – und schlage zu. Wild und unbeherrscht schlage ich immer wieder in sein Gesicht. Jetzt muss er doch endlich …!

Ganz ruhig steht er auf, hält meine Arme fest – gerade so stark, dass ich sie nicht mehr bewegen kann –, zieht mich über seine Knie und schlägt zu. Ganz ruhig. Vielleicht zehnmal – ich weiß es nicht mehr. Die Schläge tun weh, aber nicht sehr.

»Wenn du dich wie ein Kind aufführst, wirst du eben wie ein Kind bestraft«, erklärt er mir danach, immer noch die Ruhe in Person.

Ich bin zutiefst beschämt, aufgewühlt und durcheinander. Und in einer lächerlich pathetischen Pose verlasse ich das Haus und den Mann, der das getan hat, wonach ich mich – ohne es noch zu wissen – all die Zeit gesehnt habe.

Erst später wurde mir klar, dass ich nicht gegen ihn, sondern gegen mich und meine Gefühle entschieden hatte – in dem Moment, da die Erfüllung meiner geheimsten Wünsche real zu werden drohte.

Es war wohl noch zu früh für die Erfüllung.

Ich hatte viel verloren. Nicht nur Daniel, sondern auch Jackson. Denn weil sich die Bilder beider vermischt hatten, fand ich keinen Zugang mehr zu dem Mann meiner Träume, zu meiner Welt.

Das Erlebnis mit Daniel hatte irgendetwas in mir bewegt, einen Schutzwall zerbrochen … meine mit meiner Traumwelt verkleisterten Wünsche aufgerissen.

Ich fühlte mich nackt und wehrlos.

Tosende Stürme brannten in mir. Ich war verwirrter als je zuvor in meinem Leben – und ohne die rettende Möglichkeit der Flucht in eine sichere Fantasiewelt.

Ich war ausgeliefert. Den Wirrnissen meiner Wünsche und Empfindungen. Ich trieb im Kreis, hoffnungslos, verloren. Ich lief durch die Zeit und durch die Straßen. Wenn doch endlich einer käme …

Ich war so allein, dass die Einsamkeit mich zu erdrücken drohte, und wusste keinen Ausweg.

Hilflos ging ich eine Beziehung ein, von der ich schon vorher wusste, dass sie nicht das sein würde, was ich wollte und suchte. Ein untauglicher Versuch, die schmerzende Wunde aus Sehnsucht und Einsamkeit zu heilen. Eine Beziehung, die zum Scheitern verurteilt war.

Ich quälte mich durch banale Beziehungskämpfe, durch seichte Erregung und eine leere Befriedigung.

»Da ist etwas in dir, da kommt man nicht dran«, erklärte er mir eines Tages verzweifelt.

Ich konnte nichts darauf antworten. Ich fühlte es ja selbst. »Man hat nie das Gefühl, dich ganz zu haben – nicht mal, wenn wir zusammen schlafen«, klagte er weiter.

Auch darauf wusste ich nichts zu sagen.

Diese seltsame Unruhe in mir bereitete mir immer mehr Angst. Ich war leer, allein und voller Schmerzen. Ich hatte immer stärker das Gefühl, mich aufzulösen, wenn nicht endlich …

Ich löste die unglückliche Verbindung und lebte erst einmal allein.

Meine Eltern sah ich kaum noch, seitdem ich in eine mehrere hundert Kilometer entfernte Großstadt gezogen war, andere Bekanntschaften machte ich nicht. Ich wich allen Angeboten zu einer zwischenmenschlichen Beziehung aus. Ich scheute jede Kommunikation, jede Bindung, jede Verpflichtung.

Ich lebte in Tagträumen gefesselt, mit Büchern, allein in meiner Wohnung.

Vergessen.

»Das Ruhekissen« von Christiane Rochefort hält mich in Atem. Es ist die Geschichte der Liebe und Hörigkeit einer Frau, die von einem jungen Intellektuellen verführt In der Beziehung mit ihm wird sie bis an die Gr

Selbst getrieben, wird ihres Willens und ihrer Würde beraubt. Doch bereitwillig nimmt sie diese entwürdigende Liebe auf sich – ohne Scham und ohne Vorbehalt. Und erhält dadurch eine ganz neue Art von Würde: »Es bricht alles aus mir heraus, ich strahle vor Stolz, dass ich eine Frau bin …«

Einige Nächte weine ich. Erst um sie, dann mit ihr und schließlich aus Trauer und Neid darüber, dass mir dieses Glück nicht widerfährt, dass da niemand ist, den ich selbst bis zur Selbstaufgabe lieben kann, dass da keiner ist, der mich so behandelt …

Ich lese weiter, sehe mir entsprechende Kinofilme an – obgleich ich danach noch einsamer bin, der Schmerz der Einsamkeit mir noch bewusster wird.

»La strada« sehe ich mir ganze siebenmal an. Jedes Mal tränenüberströmt. Der große Zampano, der keine Gelegenheit auslässt, seine Gefährtin so schlecht und unwürdig wie nur eben möglich zu behandeln – und dennoch von ihr geliebt wird.

Und sie lässt sich durch nichts in dieser Liebe beirren. Ja, sie schlägt sogar das Angebot eines weitaus besser aussehenden und äußerst charmanten Künstlers aus, sich ihm anzuschließen. Sie bleibt bei Zampano, trotz der immer größer werdenden Demütigungen.

Doch ihre Demut macht sie nicht etwa würdelos, sondern gibt ihr die Aura von etwas unendlich Kostbarem. Ihre Demut ist wie ein Diamant, der aus ihr heraus leuchtet.

Geheimnisvoll.

Zampano lässt sie kalt im Stich, als sie eines Tages krank wird. Aber er kommt nicht mehr zur Ruhe. Er sucht sie – sie, die er verstoßen und missachtet hat. Schließlich erfährt er, dass sie tot ist. In der letzten Szene des Filmes sieht man ihn zusammengebrochen, weinend am Strand, an der Stelle, wo sie starb. Ihr Bild gleicht nunmehr dem einer Göttin, einer Heiligen. Ihre Demut hat sie emporgehoben.

Meine Nachbarin im Kino ist entsetzt. »Frauenfeindlich!«, faucht sie. »Du begreifst ja gar nichts!«, will ich schreien, als ginge es um *mein* Leben. Aber ich begreife ja eigentlich selbst nichts ... Ich weiß nur, dass ich so leben will, so lieben will wie diese Frau im Film – aber irgendwas würde mir doch noch fehlen, selbst wenn ich so lebte wie sie.

Ich fühlte mich krank und sonderbar. Irgendwie falsch in dieser Welt. Glücklich strahlende Paare rings um mich – doch ich beneidete sie nicht. Sie alle hatten nicht das, was ich suchte. Und ich wusste noch immer nicht, was es eigentlich war, das in mir bohrte, mich trieb und nicht zur Ruhe kommen ließ.

Die Versuche, das Unbegreifliche begreiflich zu machen, scheiterten. Ich fand keine Worte, hatte keine Metaphern. Ich rutschte weiter in die tiefe, dunkle Schlucht einer selbstgewählten Einsamkeit. Die Flucht in die Normalität, in eine banal-freundliche Beziehung erschien mir nicht mehr möglich.

Wenn doch nur einer käme ...

Er kam nicht. Dafür kam ein Magazin. Aus Versehen landete es in meinem Postkasten.

»Freies Forum für Erziehungsfragen«, las ich irritiert. Ich blickte auf ein Buch mit schwarzweißem Einband. Auf ihm war eine Frau zu sehen, die mit entblößtem Hinterteil über einem Stuhl lag. Im Hintergrund ein Mann, der einen Rohrstock hebt.

Mit klopfendem Herzen nahm ich das Buch an mich, das eigentlich einem Nachbarn hatte zukommen sollen. Ich verschloss Türen und Fenster und schlug das Buch auf. Ich betrachtete die Bilder, ich las – und ich verstand.

Lust an der Qual

Bewusstwerdung einer Masochistin

Ganz allmählich – und wirklich erst in diesem Augenblick – beginne ich zu begreifen: Ich bin nicht sonderbar, ich bin nicht krank, ich bin eine masochistische Frau!

Immer wieder lese ich die Erzählungen glücklich geschundener Frauen, lese von der Erfüllung durch Unterwerfung, vom Schmerz als Stimulans, von der Lust der Männer, eine Frau zu versklaven, zu züchtigen.

Auf einmal wird mir alles klar. Auf einmal ergibt alles einen Sinn: meine Spiele, meine Geschichten, die Sekte, Jackson, meine geheime Welt, meine Gefühle.

Ich weine. Es ist ein erlösendes Weinen. Die Zweifel sind von mir genommen, die lastende Unsicherheit, die Verwirrung: Ich bin nicht mehr allein. Ich bin nur etwas anders. Und es gibt andere, die genauso anders sind wie ich. Ich weiß endlich, was ich bin. Die Sache hat einen Namen, endlich.

Und: Ich weiß endlich, wie der Mann sein muss, den ich brauche.

Ich werde mein Glück finden!

Wie einfach plötzlich alles ist. Wie wunderbar einfach. Ich lese von der »O«, von »Justine«, lese, lese, lese und begreife immer mehr. Ich begreife das Schwierigste, das ich je begreifen wollte: mich.

Ich bin aufgeregt und voller Spannung. Voller Hoffnung. Sicher, noch fehlt der passende Mann. Aber wie göttlich einfach ist alles geworden!

Reihenweise bieten sich entsprechende Männer an, in den einschlägigen Magazinen. Längst habe ich ein ganzes Sortiment dieser Schriften zu Hause liegen. Aufrecht und voller Erwartung laufe ich in den Sex-Shop der Stadt – in meiner Euphorie bin ich ganz ohne Schamgefühl.

Ich antworte auf zwei Inserate und gebe selbst eine Anzeige auf. Ich bin voller Leben, voller Spannung und gleichzeitig viel ruhiger als vorher.

Mehrmals täglich laufe ich zum Briefkasten. Ich kann es kaum mehr erwarten – jetzt, nach all den Jahren, nach all der langen Zeit der Unsicherheit, der Hoffnungslosigkeit.

An einem Samstag kommt die erste Antwort auf meine Zuschriften.

»Du wirst ganz meinem Willen unterworfen sein, das sollst du wissen«, steht da.

Ich sehe Jackson vor mir, seine wundervolle Härte und die Wärme in seinen Augen.

»Deinen Willen werde ich brechen, deinen Gehorsam erzwingen«, lese ich weiter, aufgeregt, wie selten zuvor. »Ruf an, sofort!«, endet die kurze Nachricht.

Ich laufe zehnmal zum Telefon, nehme zwanzigmal den Hörer ab und lasse ihn zwanzigmal wieder fallen. Plötzlich habe ich Angst. Richtige Angst.

Ein Glas Sekt, tief Luft holen. Dann wähle ich.

»Ja«, sagt eine Stimme, die etwas heller ist, als ich erwartet habe.

Ich sage stockend, wer ich bin.

Sofort wird die Stimme dunkler – irgendwas daran gefällt mir nicht.

Er befiehlt mich zu sich nach Hause. Gleich am nächsten Abend soll ich kommen.

Auch das bereitet mir Unbehagen. Aber gut. Jetzt will ich es wissen.

Ich fahre hin, stehe zitternd vor der Tür, starre auf die Klingel. Dann gebe ich mir einen Ruck.

Der Summer ertönt. Auf wackligen Beinen steige ich die Treppe hoch. Im zweiten Stock öffnet sich eine Tür.

Er trägt schwarze Lederhosen, schwarze Lederstiefel, eine schwarze Lederjacke und hält eine Lederpeitsche in der Hand. Das Beste aber: die schwarze Ledermaske, die sein Gesicht halb verdeckt. Beinahe hätte ich losgelacht.

»Komm herein!«, befiehlt er mit einer Stimme, die streng klingen soll, sich aber vor lauter Aufregung überschlägt und nur noch hilflos wirkt. Meine Angst ist wie weggeblasen, auch die Spannung.

Er greift mich am Arm und zerrt mich in den nächsten Raum. Rotlicht, an das sich meine Augen erst gewöhnen müssen. Dann erkenne ich ein rustikales Bett, mit Stoffen überhängt. Auf einem weißen Marmortisch sind diverse Utensilien ausgebreitet: Peitschen, Stöcke, Klammern, Handschellen und verschiedene Dildos.

»Auf die Knie!«, bellt der Schwarzmaskierte. »Oder halt – zieh dich aus, sofort!«, keucht er.

Mir wird richtig übel. Ich fühle mich beschämt, in den Schmutz gezogen. Ich hatte so lange auf dieses erste Mal gewartet – und nun wirkt alles so kalt, so reduziert auf einen Bruchteil dessen, was es sein könnte.

Ich kämpfe mit mir: Ist es vielleicht doch nur Angst vor der eigenen Courage? Die Angst vor dem ersten Mal?

Der Ledermann lässt mir keine Zeit, mir diese Fragen zu beantworten. »Auf der Stelle die Kleider runter!«, kreischt er. Wieder überschlägt sich seine Stimme.

Seine Hilflosigkeit schnürt mir die Brust zusammen. Aber mechanisch ziehe ich mich aus.

Er begrapscht meine Brüste, kaum dass ich den BH geöffnet habe. Tolpatschig und grob zerrt er an ihnen herum.

»Du ...«, sage ich, »ich ...«

Klatsch. Seine schweißige Hand trifft meine rechte Wange. »Kein Wort mehr, mein Sklavenvötzchen!«, schnaubt er.

Er wirft mich zu Boden, blitzschnell greift er zum Tisch, packt dann meine Arme, und ehe ich mich noch wehren kann, bin ich mit Handschellen an die Bettpfosten gefesselt.

»Nein!«, schreie ich aus Leibeskräften. Ich will nur noch weg, habe riesige Angst. Sein Verhalten ekelt mich an.

Er richtet sich auf, stolpert über meine Beine, hastet zum Tisch, wirkt unentschlossen und greift schließlich zu einer Gerte.

Breitbeinig stellt er sich über mich, klemmt meinen Körper zwischen seine Stiefel. Dann öffnet er seinen Hosenlatz.

Sein Glied springt heraus. Ich würge.

Er hebt die Gerte, zieht sie mit aller Wucht über meine Brüste. Der Schmerz schneidet mir die Luft ab, ich keuche. Der nächste Schlag, noch einer. Brutal, viel zu hart.

Ich schreie wie am Spieß. Bis er mir ein staubiges Tuch in den Mund stopft. Ich glaube ersticken zu müssen.

Er reißt meine Beine auseinander, greift hinüber zum Marmortisch, wählt diesmal eine Klopfpeitsche.

»Jetzt ist das Hurenvötzchen dran!«, hechelt er. Ich würge. Ringe um Luft. Es ist entsetzlich! Ein Alptraum. Allein seine Worte. Wie kann er nur!

Er lässt die Peitsche zwischen meine weit gespreizten Beine knallen, wieder und wieder. Ich fürchte ernsthaft zu verbluten, so grausam ist dieser Schmerz. Ich zerre so stark an meinen Handschellen, dass ich das Bett verrücke.

Er wertet das als Ungehorsam, der hart bestraft, werden muss.

Als er zu den Klammern greift, verliere ich fast das Bewusstsein. Er zieht meine Brustwarzen lang, lässt die

Klammern zuschnappen. Ich schließe mit dem Leben ab. Tränen laufen mir übers Gesicht.

»Ja, das macht dich geil, was? Das braucht doch so eine Sklavenvotze wie du. Da läuft der Saft so richtig.« Schwer schnaufend schiebt er mir etwas Kaltes zwischen die Beine, führt es gewaltsam ein. Ein Dildo mit Noppen. Es brennt, tut weh.

Mit der Gerte schlägt er auf die Innenseiten meiner Schenkel. Gefühllos, mechanisch. Blut fließt. Mit Schadenfreude denke ich an die Flecken auf dem Teppich.

Doch dann übermannt mich das heulende Elend: Er stellt sich über mich und streckt mir seinen erigierten Penis entgegen, genau vor mein Gesicht. Sein Stöhnen wird lauter und schneller. Meine Tränen treiben seine Erregung hoch.

Ein jammerndes Opfer – welch eine Stimulation! Ich weine um meine verletzte Seele, um Daniel, um seine Ruhe. Mein Herz bricht beinahe vor Scham.

Da reißt er mir wild den Knebel aus dem Mund und stößt sein zuckendes Glied in meinen Hals.

Stille.

Ich komme zu mir, kehre wie aus einem langen Alptraum in die Wirklichkeit zurück. Der schwarze Ledermann sitzt zusammengesunken in einem Sessel. Sein Glied hängt schlaff aus dem Hosenlatz heraus.

Er gähnt.

Ich bin wie erstarrt. Nehme kaum mehr wahr, wie die Handschellen gelöst werden. Wie in Trance ziehe ich mich an. Seine unsicheren, unruhigen Augen verfolgen meine hastigen Bewegungen.

Ich renne zur Tür, stürze beinahe die Treppe hinunter. Weg, nur weg von hier!

Eine Woche lang liege ich im Bett, von Ekel und Scham geschüttelt. Von der Badewanne ins Bett, vom Bett in die Badewanne.

Ich fühle mich wie ein Schwein, wie ein beschmutztes, widerliches Schwein.

Ich will normal sein! Ich bin nicht *so.* Ich bin kein Sklavenvötzchen. Ich bin nicht masochistisch, wenn Masochistischsein das bedeutet, was ich erlebt habe. Ich schreie es gegen die Wände.

Das Echo knallt ungehört auf mich zurück, in meine wunde Seele.

Die Wunden auf meinen Brüsten, auf den Schenkeln heilen langsam. Die Wunden meines Herzens werden vielleicht nie heilen.

Nach acht Tagen stehe ich auf. Ein Brief liegt im Postkasten. Die zweite Antwort.

Der Brief ist vier Tage alt. »Am Sonntagabend komme ich dich besuchen«, steht da.

Panik. Mir bleiben kaum mehr als drei Stunden, um zu verschwinden. Natürlich werde ich nicht da sein, wenn er kommt. Ich will nichts mehr mit alledem zu tun haben. Wieder breche ich in Tränen aus, schleppe mich zurück ins Bett, von Weinkrämpfen geschüttelt.

Plötzlich klingelt es. Als ich mich, die Augen noch voller Tränen, zur Tür getastet und geöffnet habe, steht ein fremder Mann auf der Schwelle. »Tränen – schon vorher ...?«, fragt er anzüglich, aber sanft.

Der Schock fährt mir in die Glieder. Er ist viel früher gekommen als angekündigt. Vermutlich dachte er sich, dass ich sonst verschwinde.

Wohl oder übel lasse ich ihn herein. Meine Wohnung gibt mir irgendwie Sicherheit. Außerdem ist da das große Küchenmesser, griffbereit in der Schublade rechts von mir.

Wir sitzen da, trinken Kaffee, reden. Stunden.

Er ist angenehm ruhig und verständnisvoll. Ich schütte mein Herz aus. Er tröstet. Nie würde er tun, was mir missfällt – ich könne ihm da ganz und gar vertrauen. »Soll ich dich – ganz sanft – verhauen?«, fragt er leise. Ein warmer Blick trifft meine erstaunten Augen.

Ich vertraue ihm, ich habe keine Angst, ich bin sicher, dass er nichts gegen meinen Willen tun würde – und plötzlich stelle ich fest, dass mir das auch nicht gefällt.

Ich vertröste ihn auf das nächste Mal. Ein verständnisvoller Blick von ihm, ein zaghaftes Streicheln über mein Haar.

Zu viel Güte. Zu viel Verständnis.

Ich verstehe immer weniger. Begreife mich immer weniger. Ich bin mir fremder denn je – jetzt, da ich glaubte, mich endlich erkannt zu haben.

Ich habe geglaubt, meine Suche sei zu Ende – damals, als ich erkannte, dass ich eine masochistische Frau bin, dass ich leiden will, Schmerzen fühlen will.

Ein tragischer Irrtum. Meine Suche hat gerade erst begonnen.

Wenig später trifft ein Packen Briefe ein: Antworten auf mein eigenes Inserat. Ich schüttle alle Ängste und Vorbehalte ab und starte einen neuen Versuch.

Es beginnt eine Odyssee des Schreckens.

Mein Eingeständnis, masochistisch zu sein, wurde von vielen Männern gedeutet als ein Freibrief für die totale Unterdrückung meiner Person. Ich hatte nichts mehr zu sagen, wurde zur rechtlosen Sklavin erklärt. Doch das waren noch die erträglichen Fälle. Weitaus abschreckender waren andere Erlebnisse: Da tobten sich frustrierte Sonderlinge an mir aus, die wohl als Kinder unter Mutters Pantoffel gestanden hatten, später an Frauen gerieten, die diesen Muttertyp repräsentierten, und nun dankbar die Gelegenheit wahrnahmen, sich an der Frauenwelt zu rächen. In sinnloser Wut schlugen sie auf mich ein, demütigten mich in unmenschlicher Weise. »Das brauchst du doch! Du willst es doch, oder etwa nicht?«

Nein, *das* hatte ich nicht gewollt. Was aber wollte ich wirklich?

Ich wollte als »Kind« verhauen, als Sklavin gepeitscht, als Lustdienerin gedemütigt werden – aber doch als Frau anerkannt werden.

So einfach war es.

So schwierig …

Schwierigkeiten kamen noch von ganz anderer Seite: von vielen Geschlechtsgenossinnen.

Meine Veranlagung war unerwünscht, ja geradezu ein Skandal. Sicher nicht zuletzt deshalb, weil sie dem Zeitgeist völlig widersprach. Die Zeichen der Zeit standen auf Kampf gegen jegliche Unterdrückung seitens des männlichen Geschlechts. Mein Eingeständnis, mich gern von Männern quälen zu lassen, wurde als Rückschlag betrachtet, wirkte wie die Verhöhnung jahrelanger emanzipatorischer Bemühungen. Meine Lust am Leid wirkte auf die Frauenbewegung wie ein tückischer Angriff aus den eigenen Reihen.

Ich selbst sah keinen Widerspruch zwischen weiblicher Emanzipation und Masochismus. Ich sammelte für die Errichtung der ersten Frauenhäuser, in denen unterdrückte und geschlagene Frauen Zuflucht fanden, während ich mir selbst wünschte, von meinem Partner geschlagen zu werden.

Es war ja meine ureigene Entscheidung, mich in gewisser Weise unterwerfen zu wollen, es war mein Bedürfnis, geschlagen und beherrscht zu werden. Und forderte die Frauenbewegung nicht die Freiheit, zu seinen Bedürfnissen stehen und sie ausleben zu dürfen?

Die Schlagworte der Frauenbewegung im Kopf, wagte ich in einer feministischen Selbsterfahrungsgruppe den Versuch, über mich und meine Veranlagung zu sprechen.

»Ich bin lesbisch«, stellte sich die erste der Frauen vor, ohne einen Anflug von Unsicherheit. »Ich habe drei Kinder abgetrieben, bin tablettensüchtig«, berichtete die zweite. Hier bin ich richtig, dachte ich erfreut und stellte mich selbst vor: »Ich bin masochistisch.«

Betretenes Schweigen.

»Mach schnell eine Therapie!«, rief meine Nachbarin. »Du musst dir helfen lassen.«

»Dein Körper gehört dir«, tönt es aus aller frauenbewegter Frauen Münder. Der ach so selbstbestimmte Körper wird gleichgeschlechtlich hingegeben, zur Befruchtung und Abtreibung freigegeben und der Pharmazie überantwortet. Das alles scheint richtig und im Sinne emanzipatorischen Denkens zu sein. Warum aber kann ich meinen Körper nicht ebenso selbstbestimmt einem Mann unterwerfen, wenn es mich nun einmal danach verlangt? Steht das ganze Gebäude der Emanzipationstheorie etwa auf solch unsicherem Grund, dass ein derartiges Bedürfnis es schon zum Einsturz bringen kann?

Ich habe immer wieder versucht, »normal« empfindenden Frauen dies begreiflich zu machen. Aber es half nichts. Ich werde als Gefahr für die Frauenbewegung betrachtet.

Die masochistische Frau wird ins Dunkel gedrängt, in eine geheime, abgesonderte Welt verbannt. In der Alltagsrealität hat diese Liebesform keinen Platz.

Wirklich nicht?

Immer häufiger fragte ich mich, wie es anderen Frauen geht, die wie ich empfinden. Gelingt es ihnen, ihre Veranlagung auszuleben? Sind sie wirklich so glücklich, so befriedigt, wie es angeblich authentische Erfahrungsberichte in einschlägigen Zeitschriften suggerieren? Gibt es masochistische Frauen, die in einer liebevollen Partnerschaft leben, welche diese Veranlagung für beide Teile glückbringend integriert?

Mein Bedürfnis nach einem Austausch mit Gleichgesinnten wurde immer stärker. Ich ging in die Offensive und gab eine Anzeige auf, in der ich Frauen suchte, die meine Neigung teilen und diese ausleben.

Ich war selbst gespannt darauf, ob es diese Frauen gibt.

Es gibt sie. Es meldeten sich etliche. Mit einigen führte ich längere Gespräche. Ihre Lebens- und Liebesgeschichten möchte ich im Folgenden erzählen.

Das eheliche Strafritual

Die Geschichte der Marga

Etwas unsicher drücke ich die Klingel an dem gepflegten, harmlos aussehenden Reihenhaus am Rande einer Vorstadtsiedlung. Eine Frau, die masochistisch ist, dazu steht, danach lebt: Ich bin ganz aufgeregt!

Marga, einundvierzig Jahre alt, Hausfrau und Mutter zweier Kinder, führt mich ins Wohnzimmer. Ikea-Möbel, Topfpflanzen, deutsche Gemütlichkeit. Die Kinder spielen im Garten. Familienidylle.

Eine ganz andere Welt eröffnet sich, als Marga zu erzählen beginnt.

Eine Kindheit in einem Erziehungsheim im Norden Deutschlands. Dorthin war Marga eher aus Versehen gekommen. Es war Nachkriegszeit, die Waisenhäuser waren überfüllt, und wer Pech hatte, landete im Erziehungsheim. Marga *hatte* Pech gehabt.

Ihre Kindheit fand also im Heim statt, in straff organisiertem Lebensstil nach Ordensmuster. Für Wärme und Zärtlichkeit fehlte den Barmherzigen Schwestern die Zeit – damals, als man froh sein musste, alle hungrigen Kindermäuler stopfen zu können, die Kinder bekleiden und ihnen ein Dach über dem Kopf bieten zu können. Oberstes Gebot war ein reibungsloser Tagesablauf. Die Kinder hatten in diesem Sinne zu funktionieren. »Persönlichkeit war nicht gefragt, so was fiel aus der Reihe und hätte nur gestört«, sagt Marga.

Die kleinen Mädchen, in Schuluniformen gesteckt, hatten zu marschieren, Hand in Hand, im Gleichschritt. Vom Schlafsaal zum Esssaal. Vom Esssaal zum Studiersaal. Und von dort wieder zum Esssaal und zurück zum Schlafsaal. Und dazwischen: Gebete, Gesang.

Marga träumte von einer Familie, von einem Vater, einer Mutter nur für sich allein. Die Ordensschwestern konnten die Elternfunktion nicht einnehmen. Sie arbeiteten im Schichtwechsel. Persönliche Beziehungen waren nicht möglich und auch gar nicht erwünscht. Liebe kam von Gott und nur von ihm.

Und seine Liebe musste man sich verdienen, täglich neu, durch Gehorsam und durch Demut. Ungehorsam war Sünde. Und Sünden mussten ausgetrieben werden aus den Köpfen der kleinen Mädchen. Auch das geschah streng nach Plan.

Für Vergehen gab es Strafpunkte. Am Ende der Woche wurde abgerechnet. Die Zahl der Strafpunkte mal zwei ergab die Anzahl der Stockschläge.

Der Stoff der Kutte fühlte sich rau an, wenn die kleine Marga sich Hilfe suchend an eine Schwester klammerte, aus Angst vor der Strafe. Doch unbarmherzig wurde der kleine Kopf hinuntergedrückt, kniend musste sie die Strafe empfangen. »Tu Buße, bereue deine Sünden!«, ertönte die harte Stimme der Ordensschwester.

»Ich flehte dabei zu Gott wie zu einem Vater, einfach weil ich sonst niemanden hatte, weil ich sonst keinen Namen wusste, den ich hätte anflehen können«, erzählt Marga mir mit stockender Stimme.

Der Schmerz der Schläge raubte ihr die Sinne. Schreien hätte sie wollen, um Gnade betteln und weglaufen – und durfte doch höchstens ein leises Wimmern von sich geben. Denn Klagen oder gar Schreien bedeutete Auflehnung. Und Auflehnung bedeutete Abkehr von Gott, die Missachtung seines Willens. Und das war Sünde. Und Sünden wurden bestraft ... Also weinte Marga leise in sich hinein und flehte Gott um Hilfe an – jenen Gott, in dessen Namen sie doch die Schläge erhielt.

Danach musste sie sich bedanken für die Strafe – immer noch kniend und vor lauter Tränen und Schmerz kaum ihrer Stimme mächtig.

Abends lag sie auf ihrem schmalen Bettgestell im Schlafsaal des Heimes. Gebleichtes Leinen. Kernseifengeruch. Das Knarren des Linoleumbodens. Die Nachtschwester lief auf und ab, auf und ab, die ganze Nacht. Leuchtete mit einer grellen Lampe auf die Betten der Mädchen, um ungehörige Handlungen zu verhindern. Die Hände mussten auf der Bettdecke liegen.

Marga wurde älter. Sie begann, nicht mehr von Eltern zu träumen, sondern von einem Mann. Groß und stark sollte er sein. Beschützen sollte er sie, sie verteidigen gegen den Rest der Welt. Liebevoll und zärtlich stellte sie ihn sich vor. Trösten sollte er sie und wiedergutmachen die Jahre ohne Liebe, ohne Wärme, ohne Zärtlichkeit.

Eines glaubte sie sicher zu wissen, damals, züchtig in gebleichtes Leinen gepackt: Schläge und Unterdrückung sollte es in ihrem Leben nie wieder geben. Nie, nie mehr ...

Heute kniet sie wieder nieder, um ihre Strafe zu empfangen – freiwillig, vor ihrem Mann. Die Strafpunkte sind ebenso geblieben wie die festgelegten Tage der Abrechnung.

»Heute«, sagt sie, »heute ist es meine freie Entscheidung. Heute will ich es. Damals war ich ausgeliefert, heute liefere ich mich selbst aus. Während der Strafszenen bin ich wieder das kleine Mädchen von einst, aber gleichzeitig bin ich auch die erwachsene Frau, die das will.«

Ihr Mann wusste zu Beginn der Ehe nichts von ihren Neigungen – ebenso wenig wie sie selbst. Sie merkte nur, dass ihr irgendetwas fehlte, obwohl ihr das Leben alles bot, was sie hätte glücklich machen müssen. Die Unzufriedenheit wuchs, die Gereiztheit.

Bis es ihrem Mann zu bunt wurde. Bis er – eher im Spaß – die Drohung aussprach, sie mit den Mitteln ihrer Kindheit zur Räson zu bringen.

Sie zeigte Entsetzen, Ablehnung, Entrüstung. »Aber der Gedanke ließ mich nicht mehr los. Immer stärker wurde mir bewusst, dass es genau das war, was ich wollte. Ich war entsetzt. Maßlos. Wie konnte ich nur solche Wünsche haben, wie konnte mich das in Erregung versetzen, worunter ich Jahre gelitten hatte? Ich schämte mich vor mir selbst. Ich war einige Male schon so weit, mich freiwillig in psychiatrische Behandlung zu begeben. Ich fand meinen Wunsch krank, pervers.«

Marga konnte mit niemandem über ihre Wünsche, reden. »Ich hatte richtig gehend Angst davor, dass man mir anmerken könnte, dass mit mir etwas nicht stimmt. Denn genau so empfand ich es selbst: Etwas stimmt nicht mit mir. Ich hatte keine Ahnung von Sadomasochismus, von der sexuellen Lust an der Unterwerfung, am Schmerz oder so was. Wie auch hätte ich von diesen Dingen etwas wissen können?« Aber ihre Masochismus-Fantasien wurden immer stärker. »Ich stellte mir vor, dass er mich schlagen würde, mit einem Stock. Diese Szene kleidete ich dann immer mehr aus, und irgendwann, als sie mir vollendet schien, merkte ich, dass es genau die Szene meiner Kindheit war, die ich mir wünschte. Aber mit ihm. Und freiwillig. In meiner Vorstellung spielte sehr viel Liebe mit, viel Vertrauen – ja, und auch sexuelle Erfüllung.«

Der eigene Masochismus wurde immer mehr zur Gewissheit. Aber nur für sie selbst. Fast ein Jahr lang blieb es ihr Geheimnis.

»Meine Veranlagung war mir so peinlich. Ich war mir sicher, er wäre total entsetzt und würde mich verlassen, wenn ich ihm meine Wünsche offenbarte. Trotzdem habe ich immer wieder Andeutungen gemacht, von meiner Kindheit erzählt, von den Straftagen und auf diese Weise dem heiklen Punkt näher zu kommen gehofft. Aber er vermutete natürlich, ich würde so oft darüber reden, weil ich noch immer darunter litt, und tröstete mich sehr liebevoll ...«

Irgendwann an einem Wochenende schließlich – die Kinder waren nicht im Haus – setzte Marga alles auf eine Karte – »mit Hilfe einiger Martinis und einem Strafbuch«, wie sie sagt. »Er hat Gott sei Dank schnell begriffen. Und was wichtiger war: Er hatte selbst Lust dazu.«

Die erste eheliche Strafszene wird für beide zum unvergesslichen Erlebnis, das nach Wiederholung drängt. Ihre Liebe, ihre Hingabe und ihre Befriedigung erreichen eine ganz neue Intensität bei diesem Ritual im abgedunkelten Wohnzimmer, zwischen Kinderbildern und Grünpflanzen. Das bürgerliche Umfeld stört sie nicht. Auch nicht die Beschränkung auf die kinderfreien Samstage. Die äußeren Bedingungen spielen keine Rolle – wichtig ist nur das Strafritual. Wichtig ist die Unausweichlichkeit des körperlichen Leids, jetzt gemildert durch Vertrauen und angereichert durch die sexuelle Lust.

Es sind nicht die Schläge, die ihr Lust verschaffen. Es ist die Widersprüchlichkeit zwischen Liebe und Leid, die in Wahrheit keine ist. Die freiwillige Selbstaufgabe, die Unterwerfung gemäß ihren eigenen Wünschen. Abweichungen von den eigenen Vorgaben erträgt sie nicht, sie nehmen ihr die Möglichkeit der Hingabe und damit auch die Fähigkeit zur sexuellen Lust und Erfüllung.

Marga braucht die bürgerliche Normalität – danach, wenn das Strafritual vorbei ist, die Rollläden emporgezogen, die Kinder wieder zu Hause sind. »Das sind wohl meine zwei Pole, meine Grundbedürfnisse: Familie, Verlässlichkeit, Sicherheit auf der einen Seite, Unterwerfung, Angst, Schmerz, Lust, Hingabe auf der anderen.«

Sie ist glücklich mit ihrem Leben, mit ihrer Liebe, mit ihrem Mann. »Wir haben eine tolle Beziehung und ein aufregendes Sexualleben. Ich fühle mich auch in keinster Weise unterdrückt. Mein Mann achtet mich – könnte er es besser beweisen als dadurch, dass er meine Bedürfnisse ernst nimmt und sie erfüllt? Man hört sehr oft den Vorwurf, eine masochistische Frau käme den Männern sehr gelegen. Sie böte ihnen sozusagen die Legitimation, zur altgewohnten Macho-Rolle zurückzukehren. Das ist Unsinn. Mit mir als masochistischer Frau zu leben ist schwierig. Es bedeutet, die Führung zu übernehmen, setzt Sensibilität voraus – und verlangt ein großes Maß an Rücksicht. Denn ich will ja nicht lieblos zusammengedroschen werden. Er muss die Gratwanderung zwischen meiner kindlichen Sehnsucht nach Autorität einerseits und meiner weiblichen Sexualität andererseits beherrschen und zudem meinem Anspruch auf Gleichberechtigung und Partnerschaft im sonstigen Leben gerecht werden. Und das alles verlangt von einem Mann von heute doch ein gewaltiges Umdenken: Er soll plötzlich wieder praktizieren – zumindest in gewissen Grenzen –, was er eben noch als Unterdrückung und Diskriminierung verstehen sollte.«

Marga hält erschöpft inne. Ihr Vortrag klang sehr bestimmt. Ich frage sie, ob sie auch auf Ablehnung und Unverständnis stieß.

»Ich habe inzwischen schon einige Male versucht, mit guten Freundinnen darüber zu reden. Das habe ich aber schnell wieder aufgegeben. Da ist nichts zu erwarten. Die anderen Frauen bekamen regelrecht Angst vor mir, wenn sie von meiner Neigung hörten. Inzwischen ist es mein, nein, es ist *unser* bestgehütetes Geheimnis geworden – schon wegen der Kinder.«

Ihre Kinder erzieht sie modern, frei und liberal. Schläge haben sie nie bekommen, und sie werden auch niemals welche bekommen – von ihrem Vater nicht und auch nicht von Marga.

»Ich finde, es gibt nichts Schlimmeres und Verwerflicheres, als einen wehrlosen Menschen zu unterdrücken. Etwas ganz anderes ist meine freie Entscheidung, mich schlagen zu lassen. Die Lust daran gehört zu mir. Ich bin glücklich, sie ausleben zu können, und niemand auf dieser Welt kann mir einreden, dass das falsch sei.«

Die Tür geht auf, der Herr des Hauses ist heimgekehrt. Marga und er umarmen sich, schauen sich liebevoll an. Zwischen beiden ist eine unerhörte Spannung zu spüren.

Ich lasse meinen Blick noch einmal durch das helle, freundliche Wohnzimmer schweifen, das am Samstag wieder für einige Stunden zum dunklen Strafzimmer werden wird.

Über welchen Sessel sie sich wohl legen muss?

Engel wider Willen

Die Geschichte der Sabine

Neid und zugleich Hoffnung machen sich in mir breit nach dem Besuch bei Marga. Neidisch bin ich auf diese sadomasochistisch angelegte und doch so liebevolle Beziehung, die Marga mit ihrem Mann führt. Hoffnung macht mir ihre Geschichte nicht minder: Wenn anderen eine solche Beziehung gelingt – wieso nicht auch mir?

Diese Hoffnung prägt auch Sabine. Allerdings schlägt die Hoffnung bei ihr zunehmend in Verzweiflung um.

Verzweiflung ist dieser jungen Frau auf den ersten Blick nicht anzusehen. Denn Sabine, sechsundzwanzig, Studentin an der Kunstakademie, hat alles, wovon Männer träumen – äußerlich jedenfalls. Eine zierliche und doch wohlproportionierte Engelsgestalt mit langen blonden Locken und blauen Augen, die jedes Männerherz höher schlagen lassen sollte.

»Die Herzen der Männer schlagen auch – aber eben nicht die Männer«, seufzt sie.

»Mein Äußeres«, fährt sie fort, »behindert mich eher bei meiner Suche nach dem Richtigen. Denn jeder assoziiert sofort: Engelsgestalt – Kindfrau – Schutzbedürfnis. Man glaubt mir einfach nicht, dass ich keineswegs beschützt werden will, oder jedenfalls nicht *nur,* sondern dass ich auch gequält werden will, gedemütigt und geschlagen.«

Ein hilfloser Blick aus den großen blauen Kinderaugen, und ich begreife die Männer, die diese Gestalt beschützen wollen, die glauben, jede Gewalt von ihr fern halten zu müssen, alles Böse, Harte und Kalte dieser Welt. Es scheint schier unmöglich, sich vorzustellen, wie sich diese personifizierte Unschuld wollüstig unter der Peitsche windet, wie sie gar in Ketten vor einem Mann kniet ...

Aber genau das will sie. Und nichts anderes.

Sie hebt trotzig den Kopf: »So bin ich eben!«

Dass sie so ist, weiß sie erst seit gut drei Jahren. Die Erkenntnis kam überraschend – und ziemlich gewaltig.

Dreiundzwanzig Jahre alt war Sabine damals und gerade erst auf dem Weg ins Erwachsensein. Voller Erwartung. Voller Spannung.

Ein bisschen ängstlich war sie damals, plötzlich auf sich allein gestellt, dem Leben ausgeliefert, ohne den Schutz der Mutter, die Sicherheit und Geborgenheit eines vornehmen Elternhauses.

Hinter ihr lagen dreiundzwanzig Jahre Bilderbuchleben.

Die Kindheit: Sonne, Lachen, Friede, Freude. Kein böses Wort. »Ich war wie in Watte gehüllt, unter einer Glasglocke.«

Der Vater kaum zu Hause – Geschäfte, Geschäfte. Lohnende Geschäfte. Die Häuser vergrößerten sich, die Familienwagen wurden schneller, Sabines Kleidung aufwendiger, ihre Zimmer luxuriöser. Der Vater lachte immer, wenn er da war. »Er war immer gut gelaunt und nahm sich unendlich viel Zeit für mich. Ich bekam alles von ihm, was ich nur wollte, und er ließ alles stehen und liegen, wenn ich den Wunsch hatte, mit ihm zu spielen.«

Sabine war die einzige Tochter. Der Stolz ihrer Eltern. Tennis, Ballett, Geige und Reiten.

Von der harten, rauen Wirklichkeit, von Unglück, Kampf, Leid und Krankheit bekam das Mädchen nichts mit. Dagegen wurde sie abgeschirmt. Erfolgreich: Sie lebte glücklich, sorglos in den Tag hinein und entwickelte eine entsprechende Vorstellung von ihrem zukünftigen Leben.

Das sorglose Dasein setzte sich auch fort, als sie zur hübschen Teenagerin wurde. »Ich verkehrte nur in gehobenen Kreisen. Privatschule, ausgesuchte Freunde, Literatur, klassische Musik.«

Der erste Freund, der Sohn eines Nachbarn, fügte sich unauffällig und vollendet in das Gesamtbild ihres pubertären Glasglocken-Daseins ein. Die Eltern beider waren hocherfreut über die Wahl ihrer Sprösslinge. Im Sommer gab's einen Segeltörn mit der eigenen Yacht. Sabines Mutter legte ihr augenzwinkernd eine Schachtel mit Schaumovula in die Schublade des Nachttisches.

Das erste Mal: in der mahagonigetäfelten Kajüte des väterlichen Segelschiffes. Das Ereignis, das keines war, passte ins Bild: Zärtlichkeit, Geduld, Rücksichtnahme.

»Mein ganzes Leben war wie ein lustig plätschernder Bach. Immer im gleichen Rhythmus. Nichts störte, nichts unterbrach.«

Die Trennung vom ersten Mann ihres Lebens war kein Drama. Der zweite, ein bisschen älter, fügte sich nicht weniger gut ein.

Sabine lebte so dahin, sorglos, umhüllt von einem Schleier der Freundlichkeit und Wärme.

Das Abitur bestand sie sehr gut. Niemand hätte etwas anderes erwartet. Es entsprach einfach ihrem Lebensrhythmus. Auch die Entscheidung für die Kunstakademie überraschte niemanden. Galeristin wollte sie werden, aber eine mit solider Ausbildung. Sabine erhielt sofort einen Studienplatz.

Der Beginn des Studiums jedoch bedeutete auch Abschied. Abschied vom Elternhaus, von den sonnigen, sorglosen

Glasglocken-Zeiten, Abschied von der schützenden Hand der Eltern. Die Akademie war dreihundert Kilometer entfernt in einer Großstadt.

Natürlich wurden weder Kosten noch Mühen gescheut, Sabine die Abnabelung zu erleichtern. Ein neuer VW-Golf stand vor der Tür: Sie sollte flexibel sein, unabhängig. Auch eine kleine Eigentumswohnung nahe der Akademie war selbstverständlich. Und die monatlichen Zahlungen sollten das Übrige tun.

Hoffnungsfroh fuhr Sabine davon in ihrem neuen Wagen. Ihre Eltern winkten lachend im Rückspiegel: noch einmal Sonne, Friede, Freude. Das Abenteuer konnte beginnen.

Ernüchterung.

Die Gnadenlosigkeit und Kälte der Lebensrealität außerhalb der Glasglocke, die Anonymität und Hektik der Großstadt warfen Sabine um. »Ich war plötzlich ein Nichts. Namenlos. Hilflos. Schutzlos.«

Sie irrte durch Straßen und Menschen. Flüchtige Bekanntschaften. Zum ersten Mal in ihrem Leben wurde sie versetzt, ausgelacht, abgelehnt.

Das Schlimmste war für sie die Indifferenz ihrer Mitmenschen. Sie, die jahrelang Mittelpunkt im Leben ihrer Eltern gewesen war, die stets beliebt, stets begehrt, die immer irgendwie etwas Besonderes gewesen war, musste plötzlich erleben, dass die Menschen desinteressiert an ihr vorübergingen. Hier in der Stadt war sie bloßer Durchschnitt, ein Tropfen im Meer, unbedeutend.

Zum ersten Mal fühlte Sabine sich allein. Sie reagierte panisch. Die Eigentumswohnung half ihr wenig, das Auto benutzte sie nicht, und auch die regelmäßigen elterlichen Pakete gaben ihr keine emotionale Sicherheit.

»Ich fühlte mich in einem Strudel von unüberschaubaren Gefahren, wie auf Glatteis, so als könnte ich jeden Moment ausgleiten oder abstürzen. Von nirgendwo war Hilfe zu erwarten. Ich hatte keinen festen Grund unter den Füßen, keine Sicherheiten.«

Die Wohnung wurde zu ihrer Festung. Sabine verließ sie nur für die Vorlesungen an der Akademie.

Ihr war, als habe man ihr die rosarote Brille weggerissen, durch die sie bisher die Welt gesehen hatte. Alles war ihr jetzt fremd. Zu denen, die in dieser fremden Welt groß geworden waren, fand sie keinen Weg. Sie knüpfte keine Kontakte in der Akademie.

Als eines Tages ihr Freund aus längst vergangenen Jungmädchentagen zu Besuch kam, musste sie feststellen, dass sie sich nichts mehr zu sagen hatten. Er wirkte auf Sabine wie ein unglaubwürdiger Zeuge einer Welt, die fern jeder Wirklichkeit lag.

Sabine schottete sich ab. Bücher, Bücher und noch mal Bücher. Fluchtversuche. Die Bücherei wurde ihr zur zweiten Heimat.

In der Bücherei lernt sie eines Tages Ingrid kennen.

Ingrid ist über vierzig, attraktiv, couragiert, eine Frau, die mitten im Leben steht, selbstbewusst, erfolgreich. Ingrid kennt die Stadt, die Welt und das Leben. Sie weiß, was sie will. Sie kriegt, was sie will.

Und sie will Sabine.

Die ist erst mal nur froh über die neue Freundschaft und über den mütterlichen Beistand, den Ingrid ihr zukommen lässt. Ein Hauch von Wärme und Sorglosigkeit kommt wieder in Sabines Leben. Sie lehnt sich zurück und genießt das scheinbare Wiederaufleben der Jugendzeit.

Ingrid nimmt das Ganze in die Hand. Zwei kleine Wohnungen sind unzweckmäßig, protestiert sie, eine gemeinsame große um vieles sinnvoller. Das kleine Auto ist überflüssig, Ingrids Familienkutsche reicht für beide. Das blonde Haar muss offen getragen werden, die Kleidung lässiger …

Sabine gehorcht – dankbar. »Ich tat, was Ingrid wollte, ich aß, was sie kochte, trug, was sie aussuchte, war überzeugt von dem, was sie sagte.«

Den Kontakt zu ihren Eltern bricht sie ab – auch eine Anweisung von Ingrid.

Sabine fühlt sich sicher und geborgen. Sie ignoriert die teils misstrauischen, teils anzüglichen Blicke ihrer Kommilitonen, wenn Ingrid schon ungeduldig auf die Hupe drückt, kaum dass der Unterricht vorüber ist. Naivität? Arglosigkeit? Oder ist es einfach nur Bequemlichkeit, die Sabine immer weiter in Ingrids Fänge treibt?

Sie weiß es nicht. Sie ist einfach nur erleichtert, endlich nicht mehr so allein zu sein.

Ingrid aber will plötzlich mehr. Zärtlichkeiten. Sabine weicht zurück – entsetzt. »Das hatte ich nie gewollt – und ich wäre auch nie auf die Idee gekommen, dass sie so was im Sinn haben könnte.«

Sabine fühlt sich immer stärker bedrängt. Ausgerechnet von der Frau, von der sie Sicherheit und Beistand erhofft und doch bislang auch bekommen hat.

Das Unvermeidliche geschieht. Und bald gibt es keinen Abend mehr, an dem Ingrid nicht zu Sabine ins Bett steigt. Fluchtartig verlässt Sabine das Bett, manchmal ihr Zimmer, einmal sogar die Wohnung.

»Wir sprachen kein Wort darüber. Aber am nächsten Abend passierte das Gleiche wieder.«

An irgendeinem Abend ist der Punkt erreicht: Sabine will nicht mehr. Sie will ihre Ruhe, will ihren Frieden wiederhaben, sich endlich wieder einmal ungestört ins Bett legen können. Sogar die Einsamkeit nimmt sie dafür in Kauf. Sie will eine eigene Wohnung.

In einem Anflug von Mut und Entschlossenheit teilt sie Ingrid dies mit.

Die hört ihr zu – ganz ruhig und aufmerksam.

Als Sabine ihren hitzigen Vortrag zu Ende gebracht hat, lacht sie. Ein trügerisches Lachen. Blitzschnell packt sie Sabine und schlägt sie ins Gesicht. Sie faucht die Jüngere an: »Hier passiert, was *ich* bestimme, verstanden, mein Engel? Du bleibst hier, bei mir, und mit deinen Tücken ist es vorbei! Von nun an gibt es nur noch eines für dich: Unterwerfung.«

Sabine schluckt, als sie das erzählt. Dann fährt sie stockend fort. »Ich weiß, ich hätte gehen müssen, ich hätte mich wenn nötig mit Gewalt losreißen müssen, aber irgendetwas hielt mich zurück. Nicht nur Angst. Da war noch etwas anderes. Dieser Ausdruck, den sie in den Augen hatte, diese ungeheure Machtausstrahlung faszinierte mich unglaublich. Ich blieb.«

Ein gutes Jahr gibt es für Sabine nur eines: Ingrid. Ingrids Willen, ihre Zärtlichkeit, ihre Liebe, ihre Hiebe.

Das Studium muss sie aufgeben, jeden Kontakt zur Außenwelt abbrechen. Sie wird neu eingekleidet, zweckentsprechend: Lederwäsche, Strapse. Auch Ketten gibt es und Peitschen.

Ingrid tobt sich aus. Ihre erotische Fantasie scheint grenzenlos, ihre Lust unstillbar. »Es gab keinen Abend, an dem sie nicht meine Dienste in Anspruch nahm«, erzählt Sabine. Hin und wieder beschleichen Sabine Zweifel und auch Scham. Meistens geschieht dies tagsüber, wenn sie allein in der Wohnung zurückbleibt, eingeschlossen von Ingrid.

»Aber ich hatte keine wirkliche Alternative. Die Entscheidung war: Ingrid oder die Einsamkeit.«

Also bleibt sie.

Und leidet.

Und genießt.

»Ich hatte Empfindungen, die einfach wahnsinnig waren. Wenn sie mich geschlagen hatte und mich dann zärtlich streichelte – dann waren alle meine Zweifel dahin. Zum ersten Mal hatte ich wirklich erotische Empfindungen. Zum ersten Mal fand ich meine körperliche Befriedigung.«

Manchmal gehen sie aus. In feine Restaurants oder zu ebenso feinen Gesellschaften. Sabine muss sich dann entsprechend herrichten: Sie ist nackt unter dem Kleid, um den Hals trägt sie ein Hundehalsband. Das lässt keinen Zweifel an ihrer Bestimmung und dem Status von Ingrid.

Ingrid bestellt – für beide. Sabine blickt demütig zu Boden. Auflehnung wird bestraft, sofort und konsequent.

Einige Male kniet Sabine auf dem Teppich eines teuren Etablissements, um still ihre Strafe zu empfangen. Die Aufmerksamkeit der Anwesenden ist ihnen sicher. Sabine schämt sich. Und Ingrid genießt.

Sabine vor anderen Leuten zu erniedrigen macht Ingrid immer mehr Spaß. Beinahe täglich lädt sie Leute in die gemeinsame Wohnung ein, um ein Publikum zu haben, dem sie Sabine vorführen kann. Meistens sind es Frauen, Dominas oder zumindest Möchtegern-Dominas, allesamt lesbisch.

Natürlich bewundern sie Ingrid maßlos, ihre Überlegenheit, ihre Stärke. Manchmal zittern sie fast ein wenig mit Sabine mit, wenn Ingrid gar zu hart auf ihre Sklavin einschlägt und sie zu immer demütigenderen Handlungen zwingt.

Ein Schauspiel mit Ingrid als unbestrittenem Star und Regisseurin zugleich.

Von Zuneigung war keine Spur mehr.

»Eigentlich hatten wir gar keine Liebesbeziehung mehr. Nicht einmal unsere Freundschaft bestand mehr – wie auch immer diese gestaltet gewesen sein mag. Sie führte mich nur noch vor. Ich war nur noch ein Instrument ihrer Geltungssucht. Ich, als Person, spielte für sie gar keine Rolle mehr. Das tat mir ungeheuer weh. Ich fühlte mich sehr allein in dieser Zeit – auch wenn ich mit ihr allein war, selbst wenn sie mich streichelte. Das Ganze glich immer mehr einem grotesken Film. Jede Szene war publikumswirksam inszeniert – auch wenn gar niemand dabei war.«

Dennoch gelang es ihr noch nicht, sich von Ingrid zu lösen. »Ich fühlte mich inzwischen einsamer und verlassener mit ihr, als ich mich je vorher – auch zu der Zeit, als ich wirklich allein war – gefühlt hatte. Und trotzdem hatte ich noch immer nicht die Kraft zu gehen. Es gelang ihr immer wieder, mich gefügig zu machen. Sie hatte so eine Art an sich – das ist unglaublich schwer zu beschreiben –, einen Ausdruck, der es mir ganz und gar unmöglich machte, mich ihrem Willen zu entziehen.«

Eines Abends las Sabine »Die Geschichte der O«. Ingrid hatte ihr das Buch in die Hand gedrückt. »Damit du weißt, was ich noch alles mit dir vorhabe ...«

Sabine las die Geschichte gleich mehrmals – mit Tränen in den Augen. »Ich weiß, dass das lächerlich klingt, total pathetisch – aber diese Geschichte rührte mich zutiefst. Ich fand die Liebesbeziehung der O mit ihrem René so faszinierend – und noch mehr natürlich ihre spätere große Liebe zu Sir Stephen. Plötzlich brach etwas in mir auf. Ich lag auf dem Bett und weinte mir die Seele aus dem Leib. Ich wollte auch so geliebt werden wie die O. Ich wollte auch gezüchtigt und unterworfen werden wie sie – aber von einem Mann, den ich liebe. Und der mich liebt.«

»Die Geschichte der O« hatte eine geradezu therapeutische Wirkung auf Sabine. Mit einem Mal hatte sie ihr Selbstbewusstsein und ihren Mut wieder. Sie verließ Ingrid »in einer Nacht-und-Nebel-Aktion« und zog in eine andere Stadt.

Sie wollte ein neues Leben beginnen.

Wieder war Sabine allein. Wieder war ihr alles fremd. Und ihre Aussichten waren um einiges schlechter als beim ersten Neubeginn: keine Wohnung, kein Studienplatz, kein Auto, keine Unterstützung von ihren Eltern.

Sabine schaffte es trotzdem. »Ich hatte urplötzlich eine ungeheure Energie. Ich wusste jetzt, was ich wollte, und ich hatte mir fest vorgenommen, das, was ich wollte, auch zu bekommen. Mir war zunächst mal wichtig, festen Boden unter die Füße zu bekommen. Ein Fundament sozusagen, auf dem ich mich dann beugen und unterwerfen konnte, sobald der Richtige kommen würde.«

Das Fundament hatte sie sich rasch geschaffen. Schon bald verfügte sie über eine bescheidene, aber selbstfinanzierte Wohnung, einen Job und die Aussicht auf einen Studienplatz fürs nächste Jahr.

Sabine atmete auf: Sie hatte es geschafft.

Der große seelische Einbruch kam völlig unerwartet. »Ganz unvermittelt. Ich war glücklich gewesen und hatte mich blendend gefühlt, solange ich das Ziel vor Augen hatte, mir ein Heim, einen Job zu schaffen. Das hatte auch alles sehr gut geklappt. Aber mit der Ruhe kam auch die große Panik. Ich fühlte mich allein, und ehrlich gesagt fehlte mir auch die Befriedigung, die sexuelle Erfüllung. Schließlich hatte der Sex ein gutes Jahr im Mittelpunkt meines Lebens gestanden. Und nun auf einmal: Funkstille. Das hat mich sehr unruhig gemacht.«

Sabine suchte nicht nach einem x-beliebigen sexuellen Erlebnis, nicht nach einem x-beliebigen Mann. Sie wollte den Richtigen.

»Wie der Richtige nun aber genau sein sollte, wusste ich selbst nicht. Eigentlich stellte ich ihn mir so vor, wie Ingrid ganz am Anfang war – also selbstsicher, dominant und überlegen, aber auch voller Wärme und Zärtlichkeit. Was ich suchte, war ein Mann, der mich lieben und meine ganze Person ernst nehmen würde, mein Bedürfnis, mich zu unterwerfen, ebenso wie meinen Anspruch auf Glück.«

Sabine suchte ihren Traummann. Planlos. Sie irrte durch Cafés und Kneipen, durchstöberte Zeitungsanzeigen, schrieb Briefe.

Der Richtige war nie dabei.

»Das war sehr ernüchternd und enttäuschend. Es gab ja genug, die mich wollten. Und es waren so viele darunter, die auf den ersten Blick alles hatten, was ich mir erhoffte. Einige waren auch wirklich bemüht, mich glücklich zu machen. Und trotzdem ging es nicht. Es sind oft nur Kleinigkeiten gewesen, an denen eine Beziehung schon von Anfang an scheiterte, eine falsche Nuance im Tonfall etwa – und schon ging nichts mehr.«

Längst hat Sabine ihre Illusionen verloren. »Ich glaube, das ist die komplizierteste Liebesform, die es überhaupt gibt. Es kann so vieles schief gehen, es gibt so vieles, was dabei nicht passen kann. Die meisten Begegnungen liefen nach zwei alternativen Grundmustern ab. Entweder die Männer waren total begeistert und eifrig darum bemüht, mich glücklich zu machen – dann klappte es nicht, weil sie eben *zu* eifrig bemüht waren, sich *zu* sehr um meine Befriedigung kümmerten. Oder aber sie stürzten sich rücksichtslos und brutal auf mich, ohne Angst vor Verlusten – und dann ging es erst recht nicht. Ich habe bislang keinen Mann getroffen, der beide Eigenschaften glaubhaft in sich vereint hat und sie beide ausleben konnte: Wärme und Stärke, Zärtlichkeit und Dominanz.«

Trotzdem hat sie die Hoffnung nie aufgegeben. »Ich wünsche mir so sehr *diesen* Mann. In mir ist eine wahnsinnige Sehnsucht nach ihm. Ich laufe häufig durch die Straßen und denke: Einmal muss er doch kommen, mich einfach an der Hand nehmen und mich führen, liebevoll, aber bestimmt ...«

Bisher kam er nicht.

Die Sehnsucht, die ungestillte Lust hält Sabine manchmal nicht mehr aus. »Ein paarmal war ich schon so weit, dass ich Ingrid anrufen wollte.«

Das hat sie dann doch nicht getan. Aber ein paar andere Frauen hat sie angerufen: Dominas, die in der Tageszeitung inserierten.

Die Erlebnisse waren enttäuschend – aber das hatte sie im Grunde auch nicht anders erwartet. »Kaltes, geschäftliches Hauruck-Verfahren.« Wirkliche Dominanz hat sie bei diesen Frauen nicht finden können.

Ein paarmal hat Sabine ihr Glück mit »Normalbeziehungen« versucht. Das Ergebnis: »Schrecklich! Für beide. Das Wesentliche fehlte die ganze Zeit, besonders in sexueller Hinsicht. Danach lag ich neben ihm und fragte mich verzweifelt: Ja, und jetzt? Es blieb eine Leere, die mir richtig wehtat. Nein, so geht es nicht. Und eigentlich sehe ich auch gar nicht ein, dass ich die Empfindungen in mir verdränge, die für mich das Leben und die Liebe erst wirklich reizvoll machen.«

Also wartet Sabine weiter: auf ihn, den Richtigen.

Denn irgendwann muss er doch kommen, sie einfach an der Hand nehmen und ...

Reichlich ernüchtert verlasse ich Sabine. Das sind ja tolle Aussichten! Wenn es nicht einmal dieser Engelsgestalt gelingt, »den Richtigen« zu finden, wie sollte es *mir* dann gelingen? Zumal wir ja recht ähnliche Vorstellungen von diesem Richtigen haben.

Ich sehe mich im Geiste lange Jahre durch die Straßen irren, wie Sabine davon träumend, dass er irgendwann doch kommen muss, mich an der Hand nimmt ...

Und während ich diesen Wunschträumen nachhänge, werde ich älter und älter ...

Warum ist es für eine masochistische Frau nur so schwer, einen adäquaten Partner zu finden? Warum ist für uns Masochistinnen alles so kompliziert?

Aber Marga hat es doch geschafft, ihr Leben, ihre Lust, ihre Neigung in Einklang zu bringen. Sie ist glücklich. Immerhin schon mal *eine.*

Vergiss nicht, sie hat ihr Ritual, flüstert mir eine boshafte Stimme aus meinem Innern zu. Ein Ritual zu erfüllen ist bedeutend einfacher, als etwas völlig Unbestimmtem nachzujagen.

Sie hat ja Recht, die böse Stimme, die da aus mir spricht: Ich habe keine Szene, die ich nachspielen kann, für die ich nur die passende Besetzung brauche. Ich habe gar nichts außer einer vagen Ahnung. Ich weiß nicht, was geht, ich merke nur sehr schnell, wenn irgendwas nicht geht. Und das meiste geht nicht.

Genau wie Sabine drohe auch ich an der Widersprüchlichkeit meiner Bedürfnisse zu scheitern. Hart soll er sein, aber doch auch lieb und gütig. Unterwerfen soll er mich, aber bitte nur nach *meinen* Vorstellungen. Er soll wissen, dass, wenn ich »nein« sage, ich in Wahrheit »ja« schreie, aber er soll auch wissen, dass ich manchmal »nein« sage und wirklich »nein« meine.

Sonst noch Wünsche? Jede Menge!

Er muss in allem der Überlegene sein, nicht nur im Bett. Er muss meine masochistische Veranlagung als Fundament unserer Beziehung betrachten, nicht nur als eine mögliche Variante in unserer Erotik. Trotzdem soll er mich achten, mich lieben, mir meine Freiheit lassen.

Ich bin eine emanzipierte Frau, und als solche will ich geachtet werden – und unterworfen. Er muss wissen, wann ich wovon zu viel habe und wann wovon zu wenig. Und außerdem soll er auch mal schwach sein. Ein wahrhaft überlegener Mann braucht nicht allüberall seine Stärke zu demonstrieren. Er muss wissen, wann ich Kind bin und wann Sklavin, wann Partnerin, wann Frau und wann einfach nur Geliebte.

Nebenbei muss er ein Mann sein, den ich bewundern kann. Sonst kann ich ihn nämlich nicht lieben. Er muss fest im Leben stehen, aber nicht festgefahren sein. Er muss eine soziale Stellung erreicht haben, die es ihm ermöglicht, sich ganz und gar mir und unserer Liebe, meiner Unterwerfung zu widmen. Und diese muss ihm am wichtigsten sein. Trotzdem darf es für ihn nicht nur das eine geben. Denn sonst wird er schon wieder unglaubwürdig. Und dann kann ich ihn auch nicht lieben. Und wenn ich ihn nicht liebe, kann ich mich ihm auch nicht unterwerfen …

So einfach ist das.

So jemand muss doch zu finden sein, irgendwo. Obwohl: »Zu finden« ist schon wieder falsch, das geht schon wieder nicht. Ich will ihn nicht finden, sondern von ihm *gefunden werden.*

Vielleicht sollte ich mein Bedürfnis in die Welt hinausschreien und auf jede Wand pinseln. Aber auch das geht ja nicht. Ich kann ihm doch nicht sagen: Los, nun unterwirf mich mal, aber bitte so und so …

»Den Richtigen« zu finden – ein aussichtsloses Unterfangen?

Ich flüchte mich in die nächste Kneipe und will gerade anfangen, mich sinnlos zu betrinken, als auch schon der erste männliche Verehrer herangepirscht kommt. Er kenne mich von der Uni, flötet er mir mit sanfter Stimme ins Ohr. Ob ich nicht Lust hätte, ihn zu einem Konzert zu begleiten? Warum nicht!

Während ich neben ihm herlaufe, blickt er mich scheu von der Seite an, weicht meinem Blick aus, so als schäme er sich schon jetzt seiner Absichten.

Das Konzert ist öde, das Essen danach nicht besser, und der Typ wird immer unsicherer. Dann ein fast schon verzweifelter Versuch: »Sag mal, hättest du vielleicht Lust, noch mit zu mir zu kommen ... Ich meine ... Nicht das, was du denkst ... Aber ich habe einen guten Wein im Kühlschrank ...«

Diese bittenden Augen, der unterwürfige Blick, dieses »nicht das, was du denkst« ... Mich packt die kalte Wut. Ich denke an Sabine, an ihre unerfüllten Träume, an mich und meine nicht minder unerfüllten Wünsche und könnte diesem weichgesichtigen Softie, der sich für jede Bitte auch noch entschuldigt, ins Gesicht schlagen. »Sei endlich ein Mann!«, möchte ich schreien. Wieso kann er nicht einfach sagen: »Nimm deine Tasche, wir gehen zu mir!« Nicht roh, nicht brutal, nicht anzüglich. Einfach nur so. Ruhig und bestimmt.

»Du Waschlappen!«, schreie ich meinen völlig perplexen Verehrer verbittert an und stürze aus dem Lokal. »Du Null, du Nichts!«

Ich glaube kaum, dass er je begreifen wird, was mich so in Wut gebracht haben könnte, wo er doch alles versucht hat, voller Rücksichtnahme und mit vornehmer Zurückhaltung eine sanfte Verbindung zwischen uns herzustellen ...

Ich stapfe wütend nach Hause, werfe mich aufs Bett und

wünsche mir, ich wäre eine von denen, deren Knie weich werden angesichts solch rücksichtsvollen Verhaltens.

Gratulation an die Frauenbewegung. Toll habt ihr sie hingekriegt, die Männer, wirklich! Geschlechterrollentausch! Der Mann von heute muckt nicht mehr auf. Entschuldigen muss er sich für seine Wünsche, für seine Lust. Nähert er sich tatsächlich einmal einer Frau, dann zaghaft, unsicher, zurückhaltend und immer verständnisvoll.

Diese Männer erinnern mich an jene Frauen, die gerade diese Rolle nicht länger für sich selbst ertragen konnten und – erfolgreich – dagegen in den Kampf zogen. Und diesen Kampf habe ich auch noch unterstützt! Ich bin ganz einfach viel zu selbstlos.

Denn was ist nun mit mir? Was wird aus *meinen* Wünschen? Da bin ich nun emanzipiert und kann gerade *das* nicht mehr ausleben, wonach es mich gelüstet.

Gebeugte Macht

Die Geschichte der Cora

Eine Villa am See. Es riecht nach Geld und Luxus. Cora, die dritte Frau, die ich besuche, hält, was das Ambiente verspricht.

Ihr Vorname passt hervorragend zu den grünen Katzenaugen, der schwarzen Mähne, der schlanken Figur und ihrer aufrechten Haltung.

Ich kann sie mir gut als Domina vorstellen: in schwarzes Leder gehüllt, die Peitsche in der Hand. Aber als unterwürfige Sklavin? Ob am Ende eine Verwechslung vorliegt? Nein, nein, beruhigt sie mich lachend und führt mich ins Haus, dann die Kellertreppe hinunter und einen endlosen Gang entlang. Am Ende des Ganges öffnet sie schließlich eine schwere Eisentür.

Mir bleibt fast die Luft weg: Vor mir breitet sich ein mittelalterlicher Folterkeller aus. Nichts fehlt: Ketten, Peitschen, Kreuze, Käfige, Strafböcke, Streckbänke, Fackeln an den Wänden.

Einen Moment lang glaube ich ernsthaft zu träumen. Aber dieser Folterraum ist genauso wirklich wie die attraktive vierzigjährige Frau, die meine Verblüffung mit einem Lächeln quittiert: »Das hier ist meine Welt. Mein Paradies. Ich weiß, für Außenstehende muss das sehr makaber klingen ...«

Sie streicht liebevoll über eine neunschwänzige Riemenpeitsche. »Hier also leide ich und bin glücklich ... sehr glücklich«, erklärt sie versonnen. »Aber es war ein langer

Weg bis hierher. Ein sehr langer Weg. Und manchmal habe ich schon nicht mehr daran geglaubt, jemals das Leben führen zu können, das ich führen wollte.«

Cora, dieser Name ist in das Eisenschild eingraviert, das die Glieder ihrer Halskette verbindet.

Cora ist der Name, den sie sich selbst gegeben hat – als Sklavin.

Cora heißt sie nur hier, in diesem Keller, und nur während sie Sklavin ist, gehorsame Lustdienerin, Hure – oder welche Rolle ihr Gebieter ihr auch immer zugedacht hat.

Coras Bestimmung ist, sich absolut und bedingungslos zu unterwerfen – der Folter, dem Schmerz, der Peitsche und jedem Mann, der diese zu führen versteht. Cora existiert, um zu leiden. Und um zu dienen.

Cora heißt im bürgerlichen Leben Vera. Und Veras Bestimmung ist eine völlig andere: »Ich bin seit meiner Kindheit auf Erfolg getrimmt. Schließlich war seit meiner Geburt klar, dass ich später die Firmen meiner Eltern erben würde. Und ich erfüllte auch brav alle Erwartungen: Abitur, Wirtschaftsstudium, Diplom-Abschluss und so weiter. Schon in meiner Kindheit lag mir die Welt, zumindest meine Umwelt, zu Füßen – so begabt, erfolgreich und hübsch, wie ich war. Später, als ich zur erwachsenen Frau geworden war, war das nicht anders. Von den Männern wurde ich immer mit ausgesuchter Höflichkeit und großem Respekt behandelt. Schließlich war ich die Tochter des Chefs und später gleich Geschäftsführerin. Hinzu kam auch noch meine Größe«, seufzt sie. (Sie ist mindestens einen Meter achtzig groß.)

Den Wunsch, Sklavin zu sein, hatte Vera »eigentlich schon immer«, berichtet sie. »Da waren die Erzählungen von Sklavinnen im Römischen Reich oder auch von indischen

Tempeldienerinnen. So was gefiel mir sehr. Irgendwann begann ich, mir Geschichten auszudenken, und schrieb sie nieder.«

So entstanden die »Erzählungen von Cora, einer römischen Sklavin«. Über sechshundert Seiten, in ungestümer Mädchenhandschrift zu Papier gebracht.

Die römische Sklavin Cora lebt in einem Palast, umgeben von anderen Sklavinnen. Sie alle haben die Bestimmung, ihrem Herrscher Glück und Befriedigung zu schenken. Cora ist die Hauptsklavin, das heißt, sie ist die Einzige, die auch sein Bett teilen und sich seiner sexuellen Zuwendung erfreuen darf.

Der Herrscher, ein adliger römischer Feldherr, peitscht und foltert seine Hauptsklavin auf alle nur erdenklichen Arten. Cora trägt die Qualen demütig und voller Stolz. Jede Qual erhebt sie über die anderen Sklavinnen. Seine Schläge sind nichts anderes als eine Auszeichnung, ein Geschenk.

Im Laufe der Geschichte fallen die anderen Sklavinnen aus der Handlung heraus, und das Herrscher-Sklavin-Verhältnis wandelt sich immer mehr zu einer Liebesbeziehung. Cora wird des Herrschers Ehefrau und bekommt sogar ein Kind. Tagsüber führt sie ein bürgerliches Leben, abends aber wird sie wieder zur unterwürfigen Sklavin.

Vera alias Cora lächelt. »Unbewusst habe ich in diesen Erzählungen immer stärker die Beziehung antizipiert, die ich selbst einmal haben wollte – und heute habe.«

Der Weg zur Erfüllung ihrer Bestimmung war jedoch weit. Ihre ersten Liebeserfahrungen hatten so ganz und gar nichts von dem, was sich Cora wünschte.

»Meine ersten Erfahrungen mit Männer waren ein einziges Desaster. Ich hatte es doppelt schwer mit dem Namen meines Vaters im Rücken und dem eigenen beruflichen Erfolg. Ich verachtete Männer, die in meiner Gegenwart vor

Bewunderung und Unsicherheit rot wurden, gar zu stottern anfingen oder aber sich groß in Pose setzten. Es war so langweilig. Und dann die Ungewissheit: Meint der nun dich oder dein Geld, deinen Status?«

Die Liebesaffären, die sie hatte, verliefen alle nach dem gleichen Muster. »Die Männer verfielen in große Bewunderung, fühlten sich dann bald minderwertig – und am Ende musste ich in die Mutterrolle schlüpfen, um sie wieder aufzubauen, musste mich klein machen, damit sie sich größer vorkamen. Ich musste mich also völlig gegen meine eigene Neigung verhalten. Nach einer Weile habe ich das dann aufgegeben.«

Sie musste einsehen, dass von den üblichen Beziehungen nicht das zu erwarten war, was sie wollte. Aber ihre Träume aufgeben, auf ihre Empfindungen verzichten – das kam für sie nicht in Frage. Keine Minute lang hat sie sich dieser Empfindungen geschämt.

»Das Haus hier habe ich mir nach dem Tod meines Vaters gekauft und dann Stück für Stück diesen Keller eingerichtet. Das hat mir sehr viel Freude und Lust bereitet. Als Vorlage dienten mir Skizzen aus meiner Mädchenzeit, mit denen ich schon Coras Erzählungen illustriert hatte. Es hat eine ganze Weile gedauert, bis alles so war, wie ich es haben wollte – aber eines Tages war dieser Keller hier das getreue Abbild der Zeichnungen.« Jetzt fehlte Vera/Cora eigentlich nur noch das Wichtigste: ein Herrscher. »Ich habe mir sehr viel Zeit gelassen bei der Suche. Ich war mir darüber im Klaren, dass ich ihn wohl kaum durch eine Annonce finden würde, und einfach so auf der Straße würde er mir sicher auch nicht begegnen. Ich setzte mich also nicht unter Druck, obgleich ich mir natürlich nichts mehr gewünscht hätte, als von heute auf morgen den passenden Mann zu finden. Aber das war nun mal nicht zu erwarten.«

Vera, ganz Praktikerin und kühle Kalkulatorin: »Mein Sex- und Seelenleben war mir zu wichtig, als dass ich es durch weitere Banalaffären und die damit einhergehenden Enttäuschungen belasten wollte. Andererseits waren da meine sexuellen Bedürfnisse, die befriedigt werden wollten. Also blieb nur eines ...«

Vera kaufte sich Männer.

Zweimal pro Woche kommt so ein Mann zu ihr ins Haus. Immer ein anderer.

Vera überreicht ihm den Umschlag mit dem Geld. Zusammen steigen sie die Kellertreppe hinunter. Und dann wird Vera zu Cora, der gekaufte Diener zum Herrscher. Cora schreit um Gnade, für deren Nichtgewährung sie vorher bezahlt hat – als Vera.

Für eine festgelegte und bezahlte Zeit ist Vera Cora – in dem Folterkeller, den sie selbst eingerichtet hat. Sie ist ein willenloses Objekt. Sie ist ohne Recht und ohne eigene Meinung. Die Männer, die sie zur Sklavin werden lassen, sind Fremde, anonyme Gestalten, die sie danach nie wieder sieht. Und so muss es auch sein, denn nur in der Anonymität, im Flüchtigen gelingt es ihr, sich voll und ganz ihrer Lust und sexuellen Bestimmung hinzugeben.

»Ich habe diese Zeit genossen, ja, ich fand eine ganz seltsame Art von Erfüllung in der Flüchtigkeit dieser Begegnungen, vielleicht auch in der Einsamkeit dieser Tage – denn einsam sind schließlich alle Sklavinnen. Mir war sehr wichtig, dass ich keinen der Männer kannte, keinen Namen wusste, nichts. Da gab es keine Erwartungen und somit auch keine Enttäuschungen. Das Ganze war reduziert auf ein äußerliches Geschehen: Schmerz, Unterwerfung, Schläge, Demütigung. Das hat einen ganz eigenen Reiz. Sicher, das große Glück war es nicht. Aber eine annehmbare Übergangslösung war es allemal. Ich musste mich eben arrangieren. Das ist wohl der Preis, den eine Frau zahlen muss, die solch eine ungewöhnliche Neigung hat.«

Veras Mutter starb, als sie vierzig war. Die Tochter, Alleinerbin, wurde über Nacht zur Besitzerin der drei großen Werbeagenturen. Zwei Jahre lang investierte sie, strukturierte um, wagte – und gewann: Die Agenturen expandierten, wichtige Partner wurden gewonnen.

Vera lehnte sich zurück – befriedigt. Cora lehnte sich abends über die mittelalterlichen Strafböcke, zählte die Peitschenhiebe mit – sie wurde ebenfalls befriedigt.

Im Zuge der Vergrößerung ihrer Firmen wurden neue Mitarbeiter eingestellt: Texter, Grafiker, Fotografen. Am Einstellungstag wurde ein Betriebsfest veranstaltet, im feinsten Lokal der Stadt.

»Es war wie üblich. Eine Traube schmeichelnder Mitarbeiter hatte sich um mich gebildet. Ich langweilte mich und betete, dass der Abend bald zu Ende ginge. Aber dann fing ich einen Blick auf, irgendwo aus der Menge. Dieser Blick war so ganz anders: gar nicht bewundernd, eher abschätzig. Und er hielt meinem Blick stand.«

Der Mann, der sie so respektlos taxiert hatte, ging auf sie zu. Ein neuer Fotograf, ohne einschlägige berufliche Erfolge und kaum so groß wie sie selbst. »Er sagte ganz gelassen: ›Wir gehen‹ – und ich ging mit.«

Seit jenem Tag geht sie überallhin, wenn er es bestimmt. Sie tut, was er befiehlt, trägt, was ihm gefällt.

»Das ist ein ungeheuer spannendes Spiel. Tagsüber in der Firma bin ich ja seine Vorgesetzte, seine Arbeitgeberin. Und dies lasse ich ihn spüren. Er muss mich bei allen Entscheidungen um Erlaubnis bitten, muss meine Kritik einstecken, meine Launen ertragen. Und abends … Natürlich treibe ich dieses Spiel ganz oft auf die Spitze, das heißt, ich schikaniere ihn ganz bewusst, auch vor den anderen Mitarbeitern – die nicht wissen, dass wir zusammen sind. Er muss dann alles, was von mir kommt, einstecken. Aber sein Blick, sein wissendes Lächeln, geben mir die Sicherheit: Der Abend wird kommen, die Abrechnung ... Es ist herrlich, die Erfüllung. Das heißt, es ist *meine* Erfüllung.«

Sie weiß, dass diese Erfüllung mitbedingt ist durch die äußeren Umstände. »Ich glaube nicht, dass ich nur Cora sein könnte, nur die ihm immer demütig ergebene Sklavin, wenn da nicht das total entgegengesetzte Verhältnis in der Firma wäre. Vielleicht brauche ich gerade diese Diskrepanz, um *beide* Rollen so intensiv auskosten zu können. Und zwar ohne Verlustängste. Über die Möglichkeit, dass irgendwann alles vorbei sein könnte, denke ich gar nicht nach. Ich bin glücklich, unheimlich glücklich sogar.«

Vera steht zu ihrer Veranlagung, zu ihrem Wunsch nach Unterwerfung und Demütigung. Und doch passiert das nur im Verborgenen. Ihre Sklavenexistenz, die ja einen nicht weniger wichtigen Teil ihres Lebens darstellt als ihre Existenz als Unternehmerin, spielt sich in einer Welt ab, die streng abgeschottet ist gegen die Außenwelt. Stört sie diese Heimlichkeit nicht?

»Nein«, antwortet sie auf meine Frage, »im Gegenteil. Ich glaube, gerade in der Heimlichkeit liegt ein gewisser Reiz. Sie verbindet die beiden Partner viel stärker als eine konventionelle Beziehung. Natürlich könnte ich mit meiner Neigung groß an die Öffentlichkeit treten. Natürlich könnte ich mich genauso gut ganz offiziell zur Sklavin ernennen lassen und mich entsprechend verhalten. Aber das hat was von billiger Provokation. Und außerdem ließe sich das nicht mit meinem Wunsch in Einklang bringen, als emanzipierte Frau und erfolgreiche Unternehmerin anerkannt zu sein. Unsere Gesellschaft ist noch längst nicht so weit, dass sie die Entscheidung, als willige Sklavin einem Mann zu dienen, als Ausdruck einer freien, emanzipierten Frauenexistenz akzeptieren könnte. Ich sehe doch, wie ich infolge meines öffentlichen Auftretens und meines sozialen Status eingestuft werde. Ich bin eben Vera, die erfolgreiche, dynamische Emanze, die alle Fäden in der Hand hat. Punkt. Das könnte doch niemand verkraften, wenn ich nun plötzlich bekennen würde, dass ich mich viel lieber unterwerfe. Da würde ich wohl sehr schnell als psychotisch abqualifiziert werden. Vermutlich würde man meine Veranlagung auf irgendein traumatisches Kindheitserlebnis zurückführen – und damit wäre dann die Ordnung wiederhergestellt. Ich verzichte aber gern auf solche halbklugen psychologischen Interpretationen – zumal in diesem Bereich, der davon lebt, jenseits aller Erklärungen und Regeln zu existieren. Ich halte gar nichts davon, dass das Geheimnisvolle an der Erotik zerstört wird, indem man mit jedem und zu jeder Gelegenheit in allen Einzelheiten über sein Intimleben spricht. Ich will dieses Absinken in eine geheime, dunkle Welt, zu der nur er und ich Zugang haben. Ich will und brauche das.«

Sehr bestimmt sagt sie das, mehr Vera als Cora, und streicht versonnen über eine Knotenpeitsche.

Leben in zwei Welten

Die Geschichte der Ulrike

Ulrike, sechsundvierzig Jahre alt, lerne ich, nachdem unser Treffen mehrmals verschoben worden ist und sie den Ort des Treffens wiederholt geändert hat, in einem verschwiegenen Hotel am Rande einer westfälischen Großstadt kennen.

Eine falsche Brille trägt sie und einen falschen Namen. Sie legt Wert auf Anonymität. Darauf hat sie schließlich ihre Existenz aufgebaut: Seit über zwanzig Jahren führt sie ein Doppelleben.

Ulrikes Kindheit und Jugend verliefen dabei sehr konventionell. Das Elternhaus war bieder, von puritanischen Grundsätzen geprägt. Das Mädchen passte sich an: Die Schulzeit und die ersten Freundschaften verliefen so, wie es den moralischen Richtlinien ihrer Eltern entsprach.

Ulrike, so sagt sie selbst heute, war ein »durchschnittliches Kind von durchschnittlicher Schönheit, durchschnittlicher Intelligenz und mit einer durchschnittlichen Kindheit«.

Heute ist Ulrike alles andere als eine Durchschnittsfrau. Sie ist eine Meisterin im Changieren zwischen zwei grundverschiedenen Welten.

Die eine Welt: ihr selbstgewähltes Sklavendasein. Eine Existenz, in der sie sich selbst völlig aufgibt, »nur noch Objekt sein will, ihrem Herrn und Gebieter zu Diensten steht«.

Gab es bereits in ihrer Kindheit Ansätze zu einer masochistischen Haltung?

Ja, doch, einige Kindheitserlebnisse fallen ihr ein, nach und nach.

Rangeleien auf dem Schulhof. Aber es geht ihr nicht ums Siegen. Das weiß sie heute, in der Rückschau. »Das weitaus größere Triumphgefühl hatte ich beim Verlieren.«

Der Sieger kniet auf ihr, hält ihren Körper bewegungsunfähig. Übt Macht auf sie aus.

Sie windet sich unter ihm, ist hilflos. Und doch: Sie genießt klammheimlich den Schmerz, den das Gewicht des Siegers bei ihr hervorruft. Sie genießt die Demütigung, die Schmach. Und die Zurufe der anderen, der Mitschüler, die einen Kreis um die Kämpfenden auf dem Schulhof gebildet haben: »Los, zeig's ihr!« – »Ausziehen, alles ausziehen, zieh ihr alles aus!« – »Würg sie ab, mach sie alle!«

Ulrikes Augen glitzern, als sie dies erzählt, im fahlen Licht des abgedunkelten Hotelzimmers.

»Ich sah ihm immer direkt in die Augen, dem Sieger über mir. Er genoss meine Angst. Und ich genoss seine Macht. Die Augen des Mächtigen, des Richters über Gut und Böse, die Augen dessen, der in diesem Augenblick mein Leben in der Hand hatte. Und die Spannung: Was macht er jetzt mit mir?«

Allzu gnädige Gewinner, die es bei einer »Kitzelkur« bewenden lassen, rufen bei ihr Enttäuschung hervor. Danach ist sie unruhig, sucht bald den nächsten Kampf. Sucht weiter, immer weiter …

An puren Schlägen zeigt sie als Kind kein Interesse. Ganz im Gegenteil: »Ich war erleichtert, dass ich keine bekam. Die Nachbarskinder wurden oft verkloppt, auch schon mal mit dem Rohrstock oder dem Ledergürtel. Ich war wirklich froh, davon verschont zu bleiben.«

Faszinierend indes findet sie es, Räuber und Gendarm zu spielen. Ulrike ist Räubermädchen – immer. Sie wird gefangen und zusammen mit den anderen Räubern von den Gendarmen in den Keller eines baufälligen Mietshauses verfrachtet. Die Räuber hinter Schloss und Riegel: das Ende des Spiels.

Ein zentrales Erlebnis ihrer Kindheit ist ihr besonders gut in Erinnerung.

»An irgendeinem Tag, als wir Räuber wieder einmal gefangen waren, rief plötzlich eine Mutter nach uns. Alle stürmten raus, denn natürlich durften wir nicht dort unten spielen, das Haus war unbewohnt wegen Einsturzgefahr.«

Alle fliehen, die Tür zum Hausflur fällt zu, das Licht erlischt.

Ulrike ist allein. Im Dunkeln.

Ein Alptraum für jedes Kind. Allein, vergessen in der unheimlichen Dunkelheit eines leeren Hauses.

»Eigentlich ein Alptraum. Aber mir gefiel's. Auf eigentümliche Weise gefiel es mir, hilflos, ausgeliefert zu sein.«

Eine seltsame Spannung überfällt sie. Wie bei den Kämpfen auf dem Schulhof: Ihr Schicksal liegt in den Händen anderer, sie haben Macht über ihren Körper, über ihr Leben.

Die Rettung kam viel zu schnell. Enttäuschung. Wie bei den Schulhofkämpfen. Und danach wieder die Unruhe, die sie weiter und weiter treibt ...

Erste Liebeserfahrungen. Das Übliche: ein paar Küsse, Umarmungen. Verkehr vor der Ehe war undenkbar.

Schließlich kam Rudolf. Ulrike nahm diese Beziehung ernster als all die anderen. Warum, wusste eigentlich keiner genau.

Im Familienkreis fand die Verlobung statt und ein halbes

Jahr später die Hochzeit. Auf den Bildern strahlt Ulrike. Aber die großen Gefühle fehlten.

»Ich dachte eben, das muss so sein.«

Gespannt war sie schon gewesen auf die Hochzeitsnacht, das erste sexuelle Erlebnis. Ihre Mutter und die Patentante belehrten sie auf dem Weg nach oben ins Schlafgemach, wo der frisch gebackene Ehegatte wartete, in schwesterlicher Verbundenheit: »Bring's nur schnell hinter dich, mach am besten die Augen zu. Weißt du, für eine Frau ist es nur ein Opfer …«

Und das war es dann auch tatsächlich für Ulrike: ein Opfer. Auf diese Enttäuschung war sie allerdings gut vorbereitet. »Ich hatte nicht das Gefühl, dass diese Normalität mir nicht genügte, dass ich vielleicht was anderes wollte, dass ich eine besondere Veranlagung besaß. Die Normalität war enttäuschend – das wussten alle, das war eben so. Also war es normal, dass ich enttäuscht war. Meine Enttäuschung, die Unzufriedenheit und das Unbefriedigtsein führte ich also auf die allgemeine Unzufriedenheit der Frauen zurück. Es ist nun einmal das Los der Frauen, so dachte ich, enttäuscht zu sein, unbefriedigt zu bleiben – und auch unruhig.«

Rudolf war zu Anfang der Ehe sehr auf sexuelle Zufriedenheit bedacht – allerdings nur auf seine eigene. »Alle zwei Tage kam er in meine Ehebetthälfte, rollte sich auf mich, Augen zu, Hintern hoch – und dann war's auch schon vorbei.«

Die innere Leere war schlimmer als die Demütigung und die Erniedrigung durch einen egoistischen Mann. »Irgendwie gefiel mir sogar die Erniedrigung – im Bett zu liegen und damit rechnen zu müssen: Wenn er Lust hat, dann nimmt er sich einfach, was er will, ohne Rücksicht auf mich.«

Dann wurde Ulrike schwanger. Doch im vierten Monat

erlitt sie eine Totgeburt. Lange lag sie im Krankenhaus. Rudolf war liebevoll um sie besorgt, sehr rücksichtsvoll. Nach ihrer Heimkehr ließ er sie sexuell in Ruhe.

Vorbei war die Zeit der bangen und doch frohen Erwartung: Vielleicht nimmt er sich einfach, was er will.

Das Leben ging weiter: überschaubar, ruhig, als eine Aneinanderreihung von Alltagsritualen.

Das Schreckliche passierte Ulrike dann eines Abends auf dem Rückweg von einem Besuch bei ihrer Mutter.

»Ich lief durch eine ruhige, kaum beleuchtete Seitenstraße nach Hause. Plötzlich näherten sich zwei Männer, einer von vorn, einer von hinten. Ich bekam wahnsinnige Angst, natürlich. Ich schrie, wollte wegrennen – vergebens. Sie zerrten mich in ein Gebüsch, der eine riss mir die Kleider herunter, während der andere mich festhielt.«

Sie liegt da, nackt, in fester Umklammerung. Einer der Männer löst den Gürtel seiner Hose, zieht sie runter …

»In diesem Moment machte es klick – anders kann ich es nicht beschreiben. Meine Angst war weg. Ich war so aufgeregt wie nie zuvor in meinem Leben – sexuell, meine ich …«

Ulrike wird abwechselnd von den beiden Männern vergewaltigt, in verschiedenen Stellungen, und auch zu demütigenden Handlungen an den beiden Männern gezwungen. »Ich musste zum Beispiel das Glied des einen tief in den Mund nehmen, während mich der andere von hinten nahm.«

Irgendwann tief in der Nacht ist alles vorbei.

Ulrike schleppt sich heimwärts, zerrissen, blutend, verschmutzt, besudelt – und glücklich.

»Ich wollte am liebsten in diesem Zustand verharren. Ich setzte mich erst mal auf eine Bank und genoss ganz intensiv, was ich soeben erlebt hatte: den Schmerz, die Demütigung. Ich wusste: Das war es. Nur das.«

Scham und Entsetzen haben keinen Platz in ihr, dazu ist das Glücksgefühl zu stark, die Befriedigung zu intensiv.

In der darauf folgenden Woche lebt sie geradezu auf. »Ständig rief ich mir das Erlebnis, die Bilder wieder vor Augen, jedes Wort, jeden Moment, und immer wieder kam dieses Gefühl ...«

Ulrikes Unruhe verflog – für kurze Zeit. Ihr Eheleben wurde für kurze Zeit leidenschaftlicher. Neun Monate später kam Tochter Claudia zur Welt. Zwei Jahre später Sohn Stefan.

Doch die Unruhe kam wieder. Das eheliche Sexualleben schlief ein. »Einmal im Monat reichte Rudolf.«

Ulrike reicht es nicht. Die Sehnsucht, die Stärke und Macht ihrer Triebe, die Unruhe zwingen sie, sich selbst einzugestehen: Sie braucht es.

Was genau sie braucht, weiß sie selbst nicht. Irgendwas halt mit Schmerz und Unterwerfung. Das Wort Masochismus ist ihr fremd – auch heute noch.

»An eine Anzeige oder so was wagte ich gar nicht zu denken. Ich war wirklich so naiv zu glauben: Wer immer diese Anzeige liest, weiß sofort, dass sie von mir stammt.«

Doch irgendwann, als die Unruhe zu stark wird, als die Lust über die Angst siegt, fährt sie in die nächste, vierzig Kilometer entfernte Stadt, um in einen Sex-Shop zu gehen.

»Dort waren nur Männer, ich war die einzige Frau.« Mit hochrotem Kopf eilt sie durch den Laden, greift zum nächstbesten Heft, wirft das Geld hin und rennt hinaus.

Das Heft, ein harmloses Kontaktanzeigen-Blättchen, enthält nichts, was Ulrikes Fantasien sonderlich anregt: 08/15-Sex, wenn auch mit wechselnden Partnern. Doch, immerhin enthält es einige Anzeigen von Männern, die sich anbieten, bei entsprechender Bezahlung alle Wünsche einer Frau zu erfüllen.

Einen dieser Männer ruft Ulrike an.

»Es war mir irgendwie peinlich wegen des Geldes. Und ich wusste ja selbst noch nicht mal genau, was ich wollte.«

Er »vergewaltigt« sie, fesselt sie, schlägt sie mit einer Gerte. »Körperlich war es toll. Aber der Ernst des Ganzen fehlte. Ich musste die ganze Zeit daran denken: Er macht das jetzt, weil ich es ihm gesagt habe, weil ich dafür bezahle ...«

Immerhin: Das Erlebnis macht ihr Mut. Es folgt ein weiterer Besuch im Sex-Shop. Diesmal lässt sie sich Zeit. Im Kontaktmagazin für »Kenner, die das Besondere lieben«, findet sie Annoncen, die ihr zusagen: Anzeigen von Herrschern und Gebietern, die »jede Frau zur Sklavin abrichten, zum willenlosen Objekt«.

Ulrike steht unter Hochspannung. Sie schreibt auf drei Offerten.

Und wartet. Ängstlich. Aufgeregt.

Zu Hause geht alles seinen gewohnten Gang. Die Kinder sind tagsüber bei der Schwiegermutter, sie selbst arbeitet seit einiger Zeit halbtags als Sekretärin in einem mittelständischen Betrieb. Dorthin lässt sie sich auch die Antworten schicken, als Werbeprospekt getarnt.

Schon bald trifft sie sich mit einem der Inserenten: einem »Herrscher, der weiß, was Sklavinnen brauchen«.

Ulrike fährt mit ihm in seine Wohnung. Schallisoliertes Wohnzimmer. Er kommt gleich zur Sache. An überflüssigem Gequatsche ist er nicht interessiert.

»Er schlug sich die Seele aus dem Leib und mir die Haut in Fetzen.«

Danach streicht er hastig, beinahe unwillig eine Desinfektionspaste darüber: Die Nächste, bitte.

e ist schockiert – und doch körperlich befriedigt. … Erlebnis verdanke ich die Erkenntnis, dass ich Schmerzen brauche, wirklich harte körperliche Schmerzen.«

Ihr Rücken brennt wochenlang wie Feuer. Auch noch, als sich Rudolf das nächste Mal zum allmonatlichen Vollzug des Eheverkehrs auf sie rollt. »Das war ein tolles Gefühl.« Und auch Rudolf freut sich über die Leidenschaft seiner Frau.

Als »gnadenloser Dominus« hat sich der zweite Mann in seinem Inserat gepriesen.

Das Treffen mit ihm endet schon vor seinem Hotel.

»Er wollte genau wissen, was ich wann, wo und in welchem Maße haben wollte. Das ging doch nicht! Ich weiß das nicht und will es ja auch gar nicht wissen. Und erst recht möchte ich es nicht bestimmen dürfen. Ich hatte weder Angst noch Spannung in mir. Ich kann doch keine Gebrauchsanweisung liefern und dann wieder in die Rolle der Unterlegenen schlüpfen!«

Zum Treffen mit einem dritten Inserenten geht sie nur noch widerwillig und schon ziemlich desillusioniert.

Eine Penthouse-Wohnung in einem exquisiten Hochhaus im Zentrum der Stadt. Als Ulrike mit dem Lift nach oben fährt, klopft ihr plötzlich das Herz bis zum Hals, ohne besonderen Grund.

Die Tür zur Wohnung steht offen. Zögernd betritt sie das Appartement.

Keine Menschenseele, kein Laut. »Ich war verwirrt, am liebsten wäre ich umgekehrt. Aber irgendwas hielt mich gefangen.«

Dann steht er plötzlich vor ihr. Steht einfach da und sagt kein Wort.

»In diesem Moment war alles entschieden, war mein

Schicksal besiegelt. Ich wusste: Dieser Mann war stärker als ich, ich konnte gegen ihn nicht an. Ich wusste, dass ich angekommen war, dass ich dort war, wo ich immer hingewollt hatte. Ich war ihm sofort völlig ergeben.«

Der Mann, den sie mit »Sir« anreden muss, drückt ihr zur Begrüßung den Kopf nach unten, reißt sie an den Haaren auf die Knie. »Begrüß mich so, wie es mir zukommt, du elende Sklavensau!«, befiehlt er mit grausam monotoner, kalter Stimme.

Ulrike ist hin und weg. »Ich hätte weinen können vor lauter Glück.«

Aber erst mal weint sie vor Schmerzen. Willig führt sie seine Befehle aus. Kniend leckt sie seine Füße, dann die Beine, schließlich nimmt sie sein herrschaftliches Glied in den Mund.

Hierbei ist sie zu aufgeregt, zu wild, zu ungestüm – und das muss sie büßen. Er lässt sie an einer Kette durch das riesige Appartement kriechen und den Boden küssen.

Zwischendurch gibt's Peitschenhiebe, und zwar nicht nur symbolische. »Ich wurde zum ersten Mal richtig gepeitscht. Das waren keine zaghaften Streichelhiebe, und es war auch kein brutales Losdreschen, sondern Hieb für Hieb ein wohl dosierter Schmerz.«

Ihr Name interessiert ihn ebenso wenig wie ihr sonstiges Leben: »Du bist eine verdammte Sklavensau, mehr nicht, verstanden!«

Ulrike versteht und nickt – begeistert: Das und nichts anderes will sie sein.

Nur eines könnte noch schöner sein, wäre die Vollendung: *seine* Sklavin zu sein.

Doch das will er sich erst in Ruhe überlegen. Diese Vergünstigung muss sie sich erst verdienen, durch überzeugenden Gehorsam, durch Beweise ihrer totalen Unterwürfigkeit.

Ulrike geht an diesem Abend wie in Watte gehüllt, auf Wolken schwebend nach Hause. »Ich hätte weinen können vor lauter Glückseligkeit.«

Die Unruhe ist vorbei. Sie ist angekommen. Sie hat ihn gefunden. Sie hat ihr Glück gefunden.

Geschenkt wird ihr nichts, erspart bleibt ihr ebenso wenig in den ersten Wochen ihrer Probezeit als Sklavin. Aber gerade das fesselt sie noch mehr.

Ihr Meister, ihr Herr und Gebieter lässt nichts aus, keine Qual, keinen Schmerz, keine Demütigung aus dem breiten Angebot der Dressur- und Foltermöglichkeiten.

Ulrike leidet – und genießt. Die Behandlung mit heißem Wachs ebenso wie das Durchstechen ihrer Brustwarzen und ihrer Schamlippen mit Nadeln. »Ich war einer Ohnmacht nahe, aber dieser ungeheure Schmerz zwang mich dazu, stillzuhalten, mich völlig aufzugeben.«

Ulrike ist stolz auf die Zeichen von IHM, auf die körperlichen Beweise ihrer Existenz als Sklavin. Und sie ist sich sicher, dass H, wie ihr Herrscher sich nennt, sie wirklich liebt, denn schließlich widmet er sich – und sei es noch so schmerzhaft – jedem Millimeter ihres Körpers, während Rudolf, ihr Mann, »seit Jahren meine Brüste nicht mehr angesehen hat, sie höchstens durch das Nachthemd wild durchknetet, kurz bevor er so weit ist«.

Mit H ist alles anders, unvergleichlich intensiv – und trotz allem liebevoll. Daran ändern auch die ständigen verbalen und tatsächlichen Erniedrigungen nichts. Denn sie weiß: »Ich bin ein Stück Dreck, ein Stück Fleisch, wertlos, ersetzbar, ein bloßes Objekt seiner Begierden.«

Ulrike bezeichnet ihn als »den schönsten Tag in meinem Leben«: den Tag, an dem sie die Sklaven-Prüfung besteht und SEINE Sklavin wird.

Denn nun ist sie aufgenommen in den Stab seiner auserwählten Dienerinnen und Lustobjekte. Ulrike ist nicht die einzige, denn H hält sich fünf feste Dienerinnen, die alle in der ständigen Furcht leben, verstoßen oder verkauft zu werden.

Auch Ulrike lebt in dieser Angst. »Ich muss eigentlich täglich damit rechnen, dass er mich nicht mehr will, er meiner überdrüssig wird.«

Dass er andere hat, sie nur eine von vielen ist, stört sie nicht. Im Gegenteil, das gehört dazu. »Wie käme ich dazu, seinen Willen zu kritisieren, mich ihm und seinen Entscheidungen zu widersetzen? Er macht, was er will – und ich mache das, was er sagt.«

Dreimal in der Woche macht sie alles, was er sagt. Nachmittags, bei ihm im Penthouse. Seit über zwanzig Jahren.

Ansonsten bleibt Ulrike, was sie immer war: Ehefrau, Mutter – und seit Jahren auch eine immer erfolgreichere Geschäftsfrau.

»Das mit H gibt mir so viel Kraft, macht mich irgendwie unverwundbar. Wie könnte ich auch falschen Respekt oder Angst in meinem beruflichen Umfeld vor irgendwas oder irgendjemandem haben, da ich doch in meiner zweiten Existenz als Sklavin gewöhnt bin, wirklich *alles* zu ertragen? Dieses offizielle Leben ist für mich ein Spiel, ein lächerlich leichtes Spiel. Ich bin vollkommen unempfindlich für Demütigungen oder Machtspiele irgendwelcher Art. Das ist wohl auch das Geheimnis meines schnellen beruflichen Aufstiegs.«

Auch ihre Rolle als Mutter macht ihr keine Schwierigkeiten: Sie liebt ihre Kinder, nimmt sich viel Zeit für sie.

»Als Sklavin musste ich lernen zu warten, mich und meine Bedürfnisse gänzlich zurückzustellen. Die Mutterrolle verlangt nichts anderes: abwarten, immer für die Kinder da sein, nichts fordern, aber alles geben. Ich bin sicher, ich bin nur deshalb eine so gute, verständnisvolle Mutter geworden, weil ich diese Eigenschaften mit der Hilfe von H perfekt ausgebildet habe.«

Die Diskrepanz zwischen ihrem offiziellen Leben und ihrer Existenz als Sklavin braucht sie. Doch: Auf ihre Familie könnte sie im Notfall verzichten – auf H nicht.

»Einen Ehemann wie Rudolf finde ich an jeder Ecke, die Kinder sind erwachsen, einen vergleichbaren Job würde ich wohl auch wieder bekommen. Aber eine solche Erfüllung, wie H sie mir gibt, würde ich wohl niemals wieder finden.«

Ob sie diese Erfüllung findet, liegt im Ermessen ihres Herrschers. »Es gibt Tage, da will er mich nicht sehen. Oder sich jedenfalls nicht mit mir abgeben. Dann verlangt er zum Beispiel, dass ich seine Wohnung aufräume, während er sich eine andere Sklavin vornimmt.«

Das tut weh – und ist deshalb schön.

Manchmal, wenn es H einfällt, leiht er sie auch aus. Schließlich ist man hilfsbereit unter den Herrschern, und nicht jeder hat das Glück, gleich fünf willige Sklavinnen zu halten.

Ulrike hat nichts dagegen.

Ulrike hat auch nichts dagegen, einmal im Vierteljahr im Sklavenclub »Justine« vorgeführt zu werden.

Dort wird sie zunächst nackt oder in angemessener Lederbekleidung in Ketten gelegt, an ein Holzkreuz gehängt oder an einen Pfahl gebunden und zur Betrachtung freigegeben – wie andere Sklavinnen neben ihr.

Nachdem sie durch die anwesenden Herrscher oder auch Dominas eingehend in Augenschein genommen wurde, wird zur Gehorsamkeitsprüfung geschritten. Jeder Herrscher und jede Herrscherin kann hierbei mitbestimmen, welche Leistungen eine Sklavin erbringen soll und in welcher Form. Grenzen gibt es so gut wie keine. Alle Arten von Liebesdiensten sind gefragt, auch ein möglichst demütigendes Präsentieren ihres Körpers unter extremen verbalen Erniedrigungen und Beleidigungen.

Danach wird die Schmerzempfindlichkeit geprüft. Auch hierbei sind den Wünschen der anwesenden Herren und Dominas keine Grenzen gesetzt. Die Sklavinnen werden gepeitscht, getreten, in schmerzhafte Stellungen gebunden und gestreckt, mit Wachs und heißen Eisen, Nadeln und Klistieren behandelt. Wehe der, die allzu schnell in Klagelaute ausbricht! Die wird zur beliebigen Benutzung durch alle freigegeben, ist damit herrenlos und wirklich nur noch ein Objekt ohne Aussicht auf Vertrauen oder gar Rücksichtnahme seitens des eigenen Gebieters.

Zur herrenlosen Sklavin erklärt zu werden, davor haben sie alle Angst. Obwohl »das schon auch irgendwie sehr reizvoll ist«, wie Ulrike zugibt. »Diese Sklavin wird dann kreuz und quer von Herrscher zu Herrscher oder eben Domina gestoßen, nicht nur bei diesem Treffen, sondern für alle Zeiten. So lange, bis sie sich so zufrieden stellend verhalten hat, dass irgendein Herrscher sich ihrer erbarmt und sie wieder zu seiner festen Sklavin macht.«

Die beste Sklavin, das heißt die willigste und tabuloseste, die, welche die Schmerzen am längsten demütig ertragen hat, erhält einen Preis. Den nimmt natürlich nicht sie selbst, sondern ihr Herr und Erzieher in Empfang.

H hat viele Preise in seiner Wohnung stehen. Drei davon brachte ihm Ulrike ein. Denn Tabus hat sie keine.

Fast keine. »Mit Tiersex und Kindern habe ich nichts am Hut. Aber H auch nicht. Also verweigere ich nicht den Gehorsam.«

Den Gehorsam nicht zu verweigern, H nicht zu verärgern – das ist ihr wichtig. Nicht nur aus Furcht vor der Strafe, sondern viel mehr aus Angst vor ihrer Entlassung. Denn Ulrike wird nicht jünger. Und H ist anspruchsvoll – auch in ästhetischer Hinsicht.

Man glaubt kaum, wie viele willige hübsche Sklavinnen im jungen Alter es gibt. Entsprechende Anzeigen beispielsweise von ihm, H, rufen stets einen regelrechten Ansturm von Bittzuschriften und unterwürfigstem Flehen um Aufnahme in den Sklavenstand hervor. H kann also wählerisch sein – Ulrike nicht.

»In ein paar Jahren werde ich ihn nur noch bedienen dürfen. Das geschieht schon heute immer häufiger.«

»Bedienen« heißt: Ulrike beschäftigt sich mit ihm, mit seinem Körper. Sie wird immer mehr zum aktiven Teil dieser Verbindung. Er kümmert sich kaum noch um ihren Körper – ganz anders als am Anfang.

»Das tut schon weh, sicher. Am Anfang hat es mich so wahnsinnig befriedigt und auch so unendlich glücklich gemacht, dass er so viel Lust dabei empfand, sich immer neue Torturen für meinen Körper auszudenken. Er hat sich wirklich sehr ausgiebig und intensiv mit meinem ganzen Körper beschäftigt. Er wollte ihn betrachten, wenn er sich aufbäumte, wenn er zuckte, sich unter den Schlägen wand, sich wieder entspannte. Heute zieht ihn das wohl nicht mehr an. Heute muss ich es mir schon erarbeiten, erflehen, dass er sich wieder einmal dazu herablässt. Er schläft auch kaum noch mit mir, was mir natürlich auch sehr wehtut. Aber *noch* habe ich die Möglichkeit, um diese Vergünstigungen zu bitten und sie mir durch Unterwürfigkeit zu verdienen. Wie auch immer: Es ist mein Los. Eine Sklavin hat zu nehmen, was sie bekommt. Ich wollte und will es nicht anders.«

Mit Rudolf, ihrem Mann, schläft sie trotz des abnehmenden Interesses, das ihr H entgegenbringt, nicht häufiger – seit ein paar Jahren sogar nur noch alle zwei Monate. Auch er wird älter, und der Stress seines Berufes lastet schwer auf ihm und schränkt seine körperliche Leistungsfähigkeit ein. Trotzdem sieht Ulrike ihrer Zukunft gelassen entgegen. »Hauptsache, H verstößt mich nicht ganz.«

Sie hat keine bestimmten Pläne für ihr zukünftiges Leben. »Das kommt einer Sklavin auch gar nicht zu.«

Sie wartet von Montag auf Mittwoch, von Mittwoch auf Freitag und von Freitag auf Montag. Das sind H-Tage. Nachmittage. Drei Stunden. Nie länger. Manchmal auch kürzer, wenn H genug von ihr hat.

Ein paar Wünsche hat sie – und alle sind verbunden mit H und ihrer Existenz als Sklavin.

»Ich wünsche mir, eine Zeit lang in ständige Dunkelheit gehüllt zu sein, nackt, angekettet. Ein paar maskierte Männer holen mich ab. Einer von ihnen ist H, aber ich weiß nicht, welcher. Sie schlagen mich und sperren mich wieder ein. Ich weiß nie, wann sie wiederkommen, ob sie überhaupt noch einmal kommen. Aber sie kommen immer wieder, vergewaltigen mich, erzwingen von mir Liebesdienste und bringen mich dann wieder zurück in meine einsame Dunkelheit. Ich wünsche mir auch, dass sie mich so hart behandeln, dass ich nicht weiß, ob ich diese Behandlung überleben werde. Ich möchte Grenzen spüren.«

Auch die Todesangst?

In ihre Nähe kam sie schon manchmal, wenn H sie allzu lange mit Elektrostößen peinigte. Oder ihren Kopf etwas zu lange unters eiskalte oder heiße Wasser drückte.

»Irgendetwas bricht in solch einem Moment in dir. Es ist die totale Selbstaufgabe – ein Rausch!«

Ihr Ehemann beklagt sich unterdessen bei seinen Arbeitskollegen über seine prüde Frau.

Der eheliche Verkehr schläft immer mehr ein. Und wenn er noch einmal vollzogen wird, dann nach immer demselben Muster, seit zwanzig Jahren: immer im Dunkeln und immer in der so genannten Missionarsstellung.

Auf Ulrikes Wunden und Narben ist er nie aufmerksam geworden. Einmal nur wurde er misstrauisch, als Ulrike ein paar Tage nicht mehr laufen konnte: H hatte ihre Fußsohlen allzu lange mit einem heißen Eisen gemartert.

Die Brandnarben an den Fußsohlen sind ihr ganzer Stolz und werden von ihr hingebungsvoll gepflegt. Sie sind das Zeichen ihrer Sklavenschaft – SEIN Zeichen.

Mehr braucht sie nicht, mehr beansprucht sie nicht von ihm.

»H«, sagt sie und senkt den Blick, »H ist die große Liebe meines Lebens, die Erfüllung, ein unendliches Glück.«

Wieder zu Hause nach dem Gespräch mit Ulrike, ließ ich alles noch einmal vor mir Revue passieren: Vier Gespräche mit Frauen, die masochistisch sind – wie ich. Vier Frauen, die zu ihrem Masochismus standen, ihn auslebten oder es zumindest versuchten.

Zurück blieb ich. Ich war irgendwie erleichtert – weil ich eben doch nicht allein war mit meiner Veranlagung. Irgendwie aber auch traurig – weil ich eben noch nicht das große Glück gefunden hatte wie Cora oder wenigstens ein kleines wie Ulrike.

So ganz und gar wiedergefunden hatte ich mich in keiner der vier Frauen, obwohl es sicher hier und da Parallelen gab. Aber irgendwas fehlte letztendlich, für mich, in jedem der vier Lebens- und Liebesberichte. Irgendwas störte mich bei jedem der vier Fälle, selbst wenn die Erfüllung noch so total schien …

Mir fielen die Worte von Vera ein, die so gern Cora ist: Kompromisse eingehen, sich arrangieren. Ich aber wollte keine Kompromisse. Ich wollte nicht verzichten. Ich wollte genau das, was ich wollte.

Nur: Ich wusste immer noch nicht, was ich eigentlich wollte.

In der Zeit nach den Gesprächen mit Marga, Sabine, Vera und Ulrike blieb ich allein. Ich war ruhig, nachdenklich, in mich gekehrt. Abends lag ich im Bett, allein.

Nur meine Bücher leisteten mir Gesellschaft. Ich las und las. Für eine kurze Zeit wurde ich zu Justine. Einige Nächte lang war ich die O. Mehr blieb mir nicht …

Einsame Tage. Einsame Nächte. Nächte voller Sehnsucht und unerfüllter Leidenschaft.

»Das brauchst du doch, Sklavin!«

Vom Leid, eine Masochistin zu sein

Am Ende einer der vier Seiten des Kreuzgangs erreichten wir in der Dunkelheit schließlich eine Treppe. Der Mönch befahl mir hinaufzusteigen und folgte mir.

Er merkte meinen inneren Widerwillen. »Elendes Luder!«, fuhr er mich an. Seine Liebenswürdigkeit war plötzlich dahin. »Du glaubst doch nicht etwa, du könntest jetzt noch zurück? Du wirst schon noch merken, dass es für dich vielleicht besser gewesen wäre, an eine Diebesbande zu geraten als in die Hände von vier Mönchen!«

Kaum hatte er geendet, mussten meine Augen erschreckende Dinge sehen. Die Tür wurde geöffnet, und ich erblickte drei Mönche und drei junge Mädchen, die um einen Tisch saßen. Alle boten einen bestürzend unzüchtigen Anblick. Zwei der Mädchen waren völlig nackt, und das dritte entkleidete man gerade. Auch die Mönche boten sich in äußerst frivolem Zustand dar.

Der Mönch, der mich hierhergeführt hatte, begrüßte seine drei Freunde und deutete dann auf mich. »Hier ist die, die uns noch gefehlt hat. Erlaubt mir, dass ich euch eine wahre Rarität vorführe. Dieses Mädchen trägt das untrügliche Merkmal ihrer Jungfräulichkeit.«

Seine ebenso eindeutige wie anstößige Geste rief schallendes Gelächter hervor.

In solch einer Gesellschaft sollte ich von nun an also leben! Und ich hatte geglaubt, an dieser Stätte alle Tugenden der Welt anzutreffen.

Man gab mir zu verstehen, dass es am vernünftigsten sei, mich so wie meine Gefährtinnen zu verhalten und ohne Widerrede zu gehorchen.

»Es sollte dir klar sein«, sagte Raphael, der Mönch, »dass es dir an diesem abgelegenen Ort überhaupt nichts nützt, wenn du dich unseren Wünschen zu widersetzen versuchst. Du hast schon so manches Unglück erlebt. Aber das größte Unglück, das einem tugendhaften Mädchen widerfahren kann, wirst du erst an diesem Ort erleben. Doch du solltest bedenken: In deinem Alter noch Jungfrau zu sein ist widernatürlich. Dieser Zustand kann nicht in alle Ewigkeit fortdauern. Sieh dir nur deine Gefährtinnen an! Auch sie wehrten sich zunächst, als wir ihnen befahlen, uns dienstbar zu sein. Aber zu guter Letzt haben sie gehorcht, weil sie erkannten, dass jeder Widerstand ihnen nur Misshandlungen eintragen würde. Und wenn du klug bist, wirst du es genauso halten. Wie willst du dich denn auch wehren in deiner Lage? Wen willst du zu Hilfe rufen? Doch nicht etwa den Gott, den du so eifrig anflehst, der jedoch deine Gläubigkeit nur dazu benutzt hat, dich in die Falle zu locken? Es gibt also, wie du siehst, keine Macht im Himmel oder auf Erden, die dich befreien könnte. Und ebenso gibt es keine Macht, die dir helfen könnte, im Besitz deiner Jungfräulichkeit zu bleiben, auf die du so viel Wert legst. Und niemand und nichts wird uns daran hindern können, dich auf jede erdenkliche Weise zum Objekt unserer unzüchtigen Ausschweifungen zu machen. Zieh dich also aus! Verdien dir unser Wohlwollen, indem du dich uns völlig unterwirfst. Denn du hast mit der härtesten und schmählichsten Behandlung zu rechnen, wenn du uns nicht gehorchst!«

Ich fiel vor Raphael auf die Knie und flehte ihn an, meine Schutzlosigkeit nicht auszunutzen. Mit Tränen versuchte ich sein Mitleid zu wecken. Ich wusste noch nicht, dass Tränen von ganz besonderem Reiz sind.

*Raphael ließ sich nicht rühren. »Packt das Luder!«, rief er. »Zieht sie sofort vor unseren Augen aus, und macht ihr klar, dass Leute wie wir kein Mitleid haben!«**

Als Mario kommt, beschließe ich: Er soll es sein. Ich bin das Warten leid, des Alleinseins müde geworden. Ich will endlich einmal leben, endlich einmal lieben – und vor allen Dingen: endlich einmal leiden!

Vielleicht, so sage ich mir, habe ich einfach immer viel zu große Ansprüche gestellt. Vielleicht war ich viel zu sehr darauf fixiert, nur genau das zu bekommen, was ich mir in meinen Träumen einmal ausgedacht hatte.

Aber Träume sind eben nur Träume. Ich will endlich erfahren, wie es in der Wirklichkeit ist – als masochistische Frau, als Sklavin.

Lieber Kompromisse als völliger Verzicht, denke ich. Und allzu groß brauchen meine Kompromisse ja vielleicht gar nicht zu werden, so scheint es zunächst, als ich Mario kennen lerne.

Ich treffe ihn zufällig, also nicht über eine Annonce, und als wir uns kennen lernen, gibt es meinerseits überhaupt keine Vorstellungen oder Ansprüche. Ein harmloser Öko-Vortrag mit anschließender Diskussion lässt uns zusammentreffen.

Mario ist ein Zwei-Meter-Hüne, bärtig, mit kräftiger Statur und sonorer Stimme. Er strahlt Wärme aus, Geborgenheit und Ruhe. Ja, und irgendwie auch …

Wir gehen einige Male zusammen aus. Zum Essen, ins Kino und andere harmlose Vergnügungen. Eigentlich deutet nichts darauf hin, dass zwischen uns eine Liebesbezie-

* Aus: Marquis de Sade, Justine.

hung entstehen könnte – und schon gar nicht, dass es solch eine Beziehung werden könnte, wie ich sie mir wünsche.

Aber da sind meine Träume, da ist meine Fantasie, und da ist diese große, in langen Jahren aufgestaute Sehnsucht und auch Leidenschaft: Ich will jetzt endlich!

Wie leicht es doch ist, in einen durchschnittlichen Menschen Dominanz und Herrscher-Eigenschaften hineinzuinterpretieren! Jeder Blick, jedes Wort kann auf diese Weise gedeutet werden, wenn man es so will. Und ich wollte es so.

Er *musste* es einfach sein. Und die äußerlichen Merkmale sprachen ja durchaus nicht dagegen: Er war um einiges älter als ich, größer, beruflich etabliert. Und dann diese Ruhe!

Den ersten Schritt wage ich nach einigen Wochen. In spielerischen Andeutungen spreche ich von meinem Wunsch nach Unterwerfung, meiner Lust am Schmerz.

Selbst wenn ich wollte, könnte ich nicht viel deutlicher werden. Viel mehr weiß ich ja selbst noch nicht über mich und meine Regungen. Ich kann mich nicht beschreiben, mich nicht einordnen. Meine Wünsche richten sich auf irgendwas mit Schmerz, Schlägen und Unterwerfung – masochistisch nennt man das wohl, was ich bin, das habe ich auch erkannt dank meiner Ausflüge in die entsprechende Literatur. Das ist es auch schon. Mehr weiß ich nicht.

Mario jedenfalls ist begeistert, als ich ihm andeute, wo ich hinwill. Genau das, genau so eine Frau habe er zeit seines Lebens gesucht.

Damit ist er nicht allein. Ich habe keinen Mann getroffen, gleich welchen Alters und welcher Gesellschaftsschicht, der nach meinem Eingeständnis, ich sei masochistisch, sich nicht hocherfreut zur Verfügung gestellt hätte. Wirklich: keinen einzigen. Masochistinnen braucht das Land …

Mario will mir zeigen, wo es langgeht. Zärtlich, aber konsequent.

Was er sagt, klingt gut.

Ich fasse Vertrauen und bin voller Spannung: Jetzt endlich geht es los! Meine Unterwerfung, mein Leben als Sklavin beginnt. Ich genieße das Gefühl, ihm nicht mehr entrinnen zu können. Obwohl das natürlich überhaupt nicht stimmt: Ich könnte jederzeit weg. Aber ich genieße die Vorstellung: Ich könnte ihm nie und nimmer entkommen.

Er setzt einen Sklavenvertrag auf, den ich unterschreiben muss. Darin verpflichte ich mich, ihm ganz und gar – zu jeder Zeit, in jeder Art und Weise, für jeden seiner Wünsche – zur Verfügung zu stehen und seinen Anordnungen Folge zu leisten. Der Vertrag ist hart formuliert, die Worte, mit denen er mich darin beschreibt, gefallen mir nicht, aber ich denke: Vielleicht gehört das ja einfach zu meiner Unterwerfung dazu. Ich muss einfach lernen, es auszuhalten, mit Worten derart erniedrigt zu werden.

So sagt es auch Mario. Und er sagt, dass er mich liebe. Ich glaube ihm. Er werde nichts tun, was mir missfällt, jedenfalls nichts, was wirklich gegen mein Innerstes geht. Auch das glaube ich ihm. Zumal er zunächst liebevoll und zärtlich ist. Ich fühle mich wohl und geborgen bei ihm, ich vertraue ihm total.

Was Mario sagte, klang gut. Was er tat, war weniger gut. Aber das registrierte ich erst viel später – viel zu spät.

War es Naivität? Oder einfach nur das unerfüllte Verlangen nach dem passenden Mann, nach einem Leben als Sklavin, das mich bei ihm ausharren ließ – Wochen, Monate, Jahre? Hätte ich schon ganz zu Anfang merken müssen, dass eigentlich nichts an seinem Wesen dem entsprach, was ich brauchte und suchte?

Was mich in die Irre führte, war seine Statur, waren seine

Größe und seine Stimme, war der Ausdruck in seinen Augen, den ich als liebevoll und doch undurchdringlich empfand. War es in Wirklichkeit Kälte, die aus seinen Augen sprach?

Was mich in die Irre führte, war auch die Bestimmtheit, mit der er mir nach unserer ersten Nacht mitteilte, dass ich bei ihm bleiben und meine Wohnung und meine Freunde aufgeben sollte. Oder war es in Wirklichkeit gar keine Bestimmtheit, sondern die pure Angst, die ihn dazu veranlasste, mich von allem, was meine Vergangenheit ausmachte, zu isolieren?

Sein Blick war klar und sicher, weil ich ihn mir klar und sicher wünschte. Seine Hand war stark, weil ich eine starke Hand brauchte. Seine Anordnungen waren gut, weil ich endlich Anordnungen Folge leisten wollte.

Aber das begriff ich damals nicht. Ich glaubte, da angekommen zu sein, wo ich immer hingewollt hatte.

Mario und ich waren uns einig: Ich sollte seine willige, unterwürfige Sklavin, die Dienerin meines Herrschers und Gebieters sein.

So hatte ich es doch gewollt, oder? »Ja«, sagte ich voller Überzeugung.

Die Existenz einer Sklavin kann sehr unterschiedliche Ausprägungen haben. Sie kann liebevoll entworfen, subtil und einfühlsam auf die jeweilige Person zugeschnitten sein, fantasievoll ausgekleidet werden und dadurch zu einer Erfüllung für beide werden. Sie kann aber auch reduziert sein auf das rein Funktionale.

Und sich in den Dienst eines Herrschers zu stellen kann Passivität bedeuten, pure Hingabe. Es kann aber auch das Gegenteil bedeuten, nämlich Aktivität und Dienstbarkeit in jeder nur erdenklichen Form.

Letzteres hatte Mario für mich vorgesehen.

Und zu einer solchen Sklavin machte er mich denn auch, zielstrebig und konsequent.

Leider war das ganz und gar nicht die Sklavenexistenz, die ich brauchte, um glücklich zu sein.

Aber das wusste ich, wie gesagt, zu diesem Zeitpunkt noch nicht. Und Mario hat es nicht interessiert.

Meine Verwandlung zur Sklavin vollzog sich unter seiner gewissenhaften, nahezu perfekten Regie.

Ich erwartete ihn abends auf High-heels, in Lederkorsage und Netzstrümpfen mit Strapsen. Um den Hals und an den Handgelenken trug ich Ketten oder zumindest Ledermanschetten, an denen jederzeit Ketten befestigt werden konnten. Ein lederner String-Tanga zeigte deutlich, was er nicht verhüllen sollte. Ich war stets grell geschminkt, trug hochtoupiertes Haar und rotlackierte Fingernägel.

So hatte er sich immer in seinen Fantasien und Träumen seine Sklavin vorgestellt. Und so sah ich schon bald nach Unterzeichnung meines Sklavenvertrages aus.

Getreu meiner Bestimmung kniete ich vor ihm nieder, kaum dass er am Abend das Haus betreten hatte. Er kam nicht einmal dazu, in Ruhe seine Jacke abzulegen. Ich öffnete seinen Gürtel, zog den Reißverschluss auf, streifte seine Hose herunter –

Und dann das, was mir als Sklavin höchste Lust bedeuten sollte, aber niemals tatsächlich Lust verschaffte: das Glied des Herrschers in meinem Mund.

»Du geiles Luder«, stöhnte er.

Ich schluckte meinen Widerwillen mit dem herrschaftlichen Sperma hinunter.

Sklavin sein – das hatte ich doch schließlich gewollt, oder?

Ich versuchte meine Sache gut zu machen. Meinen Widerwillen erklärte ich mir als eine ganz normale Reaktion, die es eben zu besiegen galt. Denn nichts anderes hieß es doch wohl, Sklavin zu sein: Die eigenen Gefühle zählten nicht, einzig von Bedeutung waren die Gelüste des Herrn und Gebieters. Jetzt war ich halt mit der Wirklichkeit konfrontiert, und die sah eben nicht so aus, wie ich sie mir in meinen Träumen vorgestellt hatte. Was hatte ich denn erwartet? Sollte er etwa immer das tun, was ich mir gerade wünschte? Ich wusste doch ganz genau, dass das der größte Fehler gewesen wäre, den er hätte begehen können: zu tun, was ich wollte. Nein, das wollte ich wirklich auch nicht!

Ich wollte mich fügen. Ich wollte tun, was er verlangte. Und ich wollte es so gut machen, wie es mir irgend möglich war.

Mir gelang es offenbar, meinen Herrn zufrieden zu stellen. Denn einige Zeit später wurde ich zur Lecksklavin befördert. Diese Stellung gab mir das Recht, meinen Gebieter allmorgendlich mit sanfter Zunge zu wecken und ihn auf diese Weise zu reinigen, um ihm so das Bad zu ersparen. Und das Recht, abends auf gleiche Weise jede Ritze, jede Falte seines herrschaftlichen Leibes zu verwöhnen.

Ich keuchte nach Luft unter seinem Gewicht, wenn er mir sein gebieterisches Hinterteil ins Gesicht drückte.

»Richtig lecken, Sklavensau, los, ganz mit der Zunge rein, du Lustvotze ...!«

Der Geschmack des Gebieters war bitter und ranzig.

Ich wand mich. Das alles gefiel mir nicht. Kein bisschen.

Das ist normal, sagte ich mir selbst, dass ich mich innerlich dagegen sträube. Aber ich muss ihm gehorchen.

Meine Brüste band er mit Schnüren ab, er bestückte mich mit bauchigen Flaschen und fotografierte mich dann.

Er rasierte mich und ließ Ringe an meinen Schamlippen anbringen. Er tauschte sich mit anderen Gebietern über die neuesten Behandlungsmethoden mit heißem Wachs und Elektroschocks aus.

Es wurde mir immer unheimlicher. Aber ich blieb.

Das hatte ich doch schließlich gewollt, oder?

Wie eine Hure stylt er mich manchmal, legt mich in Ketten und fährt mit mir an bestimmte Plätze in der Stadt oder im Wald, die Insidern bekannt sind, und hält dort an. Da stehen sie schon, Spanner und Freier, und warten auf das, was die Nacht ihnen bescheren wird.

»Schaut sie euch an, die Lustvotze! Die ist ganz wild darauf, euch den Saft herauszusaugen.« So preist mich Mario an.

Ich zucke zusammen. Jedes Mal wenn er dieses Wort sagt: Votze. Ich hasse es. Ich hasse auch meine Aufmachung, *diese* Art des Gehorchens. Gierig grinsende Münder, grapschende Hände, hoch aufgerichtete Schwänze, in meinem Mund, in meinem Leib.

Mario, mein Herrscher, ist zufrieden. »Na, habe ich meine Lustzofe nicht gut erzogen? Die folgt mir wie ein Hund. Die schluckt alles bis auf den letzten Tropfen.«

Ich schlucke.

Das brauchst du doch, oder?

Streicheln ist für eine Sklavin tabu. Sie wird nicht gestreichelt, sie darf nicht streicheln.

Für meine eigene Befriedigung bin ich selbst zuständig. Freilich darf es nur unter seinem gestrengen Blick geschehen.

Überflüssiges Fummeln an seinem eigenen Körper kann er nicht ertragen. Zur Sache! Mario, der Gebieter: reduziert auf einen Körperteil. Und der gehört in meinen

Mund, zwischen meine Brüste, tief in meinen Bauch – von hinten, von vorn, von der Seite. »Das kriegst du, Sklavenhure, das allein steht dir zu.«

Manchmal lecke ich nicht gierig genug, nicht gründlich genug. Manchmal komme ich in Jeans auf ihn zu statt in Strapsen. Manchmal will ich seinen Mund küssen, nicht nur sein Glied.

Für diesen Ungehorsam gibt es dann die Peitsche. Brutal, roh und überallhin – auf meine Brüste, den Bauch, auf den Rücken und zwischen die Beine.

»Das passiert mit einer ungehorsamen Sklavenvotze!«, brüllt er und greift mir zwischen die Beine, um zu testen, »ob der Saft schon läuft«.

Denn so was macht mich doch geil, oder?

Danach gibt es dann – endlich – wieder sein gebieterisches Glied. Aber noch nicht ganz. Erst muss ich betteln: »Bitte, bitte, fick mich! Ich bin so geil. Ich bin doch deine geile Sklavensau.«

Stöhnen. Immer lauter. Das will Mario hören.

Hauptsache Stöhnen. Ob aus echter Lust oder nur geschauspielert – das kümmert ihn nicht.

Das Stöhnen braucht er für seinen Ablauf, für seine Befriedigung.

Also stöhne ich. Denn die Wollust meines Gebieters zu erhöhen – das ist es doch schließlich, wofür ich auf der Welt bin, oder?

Ich stoße Lustschreie aus, kleine, spitze, ich zucke ungebärdig und schreie immer lauter. Lustschreie, die keine sind. Aber: Ich wollte eine Sklavin sein, also ist das hier meine Bestimmung. Also ist das hier meine Erfüllung, ist das hier meine höchste Lust, *die* Befriedigung. Ja, gerade deshalb, weil es schwer fällt, dies alles zu ertragen. Nur so beweist sich meine Demut, mein Gehorsam.

Demut – ich denke an Jackson. Viele, viele Jahre nach meinen Begegnungen mit Jackson, endlich zur Sklavin geworden, liege ich nachts da und träume meine Mädchenträume wieder. Jackson ist liebevoll, hart und gerecht gewesen. Jackson – ihm ging es um *mich*. Und trotzdem war ich ihm unterworfen – oder vielleicht gerade deshalb. Mario hält es für eine Einbuße seiner Macht und Autorität, wenn er zärtlich zu mir ist oder vielleicht sogar einen Moment lang ganz und gar nur um mich und meine Lust bemüht: So etwas hat ein Herrscher schließlich nicht nötig. Ist das wirkliche Autorität? Ist das Macht? Muss eine Sklavin einen Mann wie Mario ertragen und dabei Erfüllung finden?

Aber was ist mit Jackson? Sind die Träume von ihm ohne Chance, verwirklicht zu werden?

So wird es wohl sein. So was wie Jackson gibt es gar nicht. Ich muss das begreifen. Schon die Gespräche mit den Frauen zeigten es doch allzu deutlich: Man muss sich arrangieren, darf allenfalls ein Ritual erfüllen. Einzig Sabine hatte noch Träume, manche ganz den meinen ähnlich – aber die hatte eben auch keinen Mann.

Und so unterwerfe ich mich der Realität und ihm, Mario, meinem Herrscher, seinen Befehlen, seiner Macht.

Zwei Jahre diene ich. Tag für Tag. Und besonders in der Nacht.

Meine Gesten verändern sich, mein Gesichtsausdruck, meine Sprache. Mario presst mir die Ausstrahlung auf, die ich haben soll, die ihm gefällt: Ich bewege mich wie eine Straßenhure. Ich bin eine Sklavin, eine Lustzofe, eine Hure – wie willst du es heute haben?

Zwei Jahre, in denen ich nicht gestreichelt werde.

Doch das ist nun mal das Los einer Sklavin.

Zwei Jahre, in denen ich stöhne, keuche, schreie, mich winde vor Lust – zwei Jahre Schauspiel für den Herrn.

Mario gefällt es. Seine Ansprüche sind begrenzt und leicht zu erfüllen. Ich werde immer leerer. Doch eine Sklavin muss leer sein, damit sie alles aufnehmen kann, was von ihrem Gebieter kommen wird.

Das will ich doch, oder?

Weinend gab ich mich dem Entsetzen über meine Lage hin, als sich plötzlich die Tür meines Kerkers öffnete. Es war Dalville. Wortlos trat er ein, stellte die Kerze, mit der er den Weg geleuchtet hatte, auf den Boden und stürzte sich wie eine Bestie auf mich. Brutal machte er mich seinen geilen Begierden gefügig und sättigte seine Wollust. Dann nahm er, ohne ein Wort zu sagen, sein Licht, verließ meinen Kerker und verriegelte die Tür wieder fest.

Während des nächsten Tages ließ sich Dalville nicht ein einziges Mal blicken. Doch gegen Mitternacht kam er wieder und behandelte mich genauso wie am Abend zuvor.

Ich nahm allen Mut zusammen und flehte ihn an, mein Los zu lindern.

»Warum sollte ich das?«, antwortete er. »Du erwartest doch nicht etwa, dass ich es honoriere, dass ich mich mit dir vergnügen kann? Soll ich dich etwa auf Knien um deine Gunst bitten – damit du dann von mir irgendwelche Gegenleistungen verlangen kannst? Nein, ich brauche dich um nichts zu bitten. Ich nehme mir einfach, was ich will. Ich mache nur von meinem Recht über dich Gebrauch. Dass ich dich benutze, hat mit Liebe nichts zu tun. Ich benutze eine Frau nur aufgrund eines Bedürfnisses, so wie man einen Nachttopf benutzt, wenn man ein entsprechendes Bedürfnis hat. Wenn ich eine Frau durch mein Geld oder mein Ansehen meinen Wünschen gefügig mache, brauche ich doch keine Zärtlichkeit aufzuwenden. Dass ich bekomme, was ich möchte, verdanke ich nur mir selbst, und

*von der Frau verlange ich nur, dass sie sich mir unterwirft. Also sehe ich keinen Grund, ihr irgendwelche Gefühle entgegenzubringen ...«**

Nach zwei Jahren des Dienens steht die nächste Beförderung ins Haus. Ich soll zur Toilettensklavin erhoben werden. Das heißt, ich darf meines Herrschers Sekt genießen. Und zwar sooft er ihn loswerden will. »Mach schön dein Sklavenmäulchen auf!«

Ich schlucke.

Er lacht. »Darauf hast du gewartet, nicht wahr, mein gieriges Schluckmaul?«

Nein! Nein! Nein!

Jetzt erst, endlich, werde ich wach.

Nein, *das* habe ich beileibe nicht gewollt! Und ich werde es nie wollen.

Aber ich wollte doch Sklavin sein, wollte mich doch unterwerfen!

Aber nicht so, nicht auf diese Weise. Ganz anders. Ganz, ganz anders.

Ich wollte wirkliche Stärke, keine dumpfe Quälerei. Ich wollte aus freien Stücken demütig sein, nicht zur Hure abgerichtet werden. Vor allem aber: Ich wollte Liebe!

Marios entsetzter Blick, als ich gehe. Er wirft mir vor, ihn mit falschen Versprechungen in diese Beziehung gelockt zu haben. »Du bist doch gar keine Sklavin! Ein paar seichte Klapse, das ja. Aber wehe, wenn es ernst wird.« Er höhnt: »Wunschträume unter der Bettdecke.« Die Wirklichkeit würde ich ja gar nicht ertragen.

Vielleicht hat er Recht. Wahrscheinlich sogar. Wunschträume, die der Realität nicht standhalten. Aber egal – nur

---

* Aus: Marquis de Sade, Justine.

weg, nur weg von hier! Weg aus dieser kalten, lieblosen Atmosphäre. Ich bin keine Hure, ich bin keine Lustzofe! Ich will keinen Herrscher.

Ich bin durcheinander. Wieder einmal. Ich war es schon, als ich noch nicht einmal wusste, was meine Fantasien bedeuten. Und jetzt, da ich dem Ganzen einen Namen geben kann, nachdem ich mit Frauen gesprochen habe, die mir ähnlich sind, und nachdem ich zwei Jahre lang das Leben einer Sklavin geführt habe, bin ich es stärker denn je.

Irgendetwas läuft falsch. Mit meinen Gefühlen, mit meinen Wünschen. Vor allem aber mit der praktischen Umsetzung dieser Wünsche.

Ich rette mich – wieder einmal – in die Welt der Bücher. Bücher über den Masochismus natürlich.

Man nehme eine Masochistin ...

Die Unzulänglichkeit psychologischer Theorien

Man nehme eine Masochistin, einen Sadisten, eine Peitsche, und dann ... Nein, ganz so einfach ist es denn doch nicht. Es ist sogar sehr, sehr schwierig, sehr kompliziert. *Wie* kompliziert es ist, weiß man spätestens nach der Lektüre der Bücher renommierter Denker, die sich mit dem Phänomen Masochismus beschäftigt haben.

Warum wird ein Mensch masochistisch? Warum eine Frau? Ist sie wirklich – vielleicht aufgrund ihrer Anatomie – prädestiniert für den Masochismus, oder wird sie erst vom Mann dazu getrieben? Oder entspringt weibliche Lust am Leiden in Wahrheit einem psychotischen Seelenwirrwarr?

Theorien gibt es viele.

Die Wahrheit kennt wohl jede betroffene Frau nur für sich selbst. Aber eigentlich ist das auch gar nicht so wichtig. Wichtig ist allein, seine Bedürfnisse zu erkennen, zu ihnen zu stehen und sie auszuleben.

Ich jedenfalls möchte meinen Masochismus, meine besondere Veranlagung eigentlich gar nicht erklären, nicht analysieren.

»Erklär mir die Liebe!« Eine solche Aufforderung kann nur rhetorisch gemeint sein. Liebe – in welcher Form auch immer – kann nicht erklärt werden, schon gar nicht allgemein gültig. Liebe kann nicht analysiert werden. Und der

Masochismus, nichts anderes als eine Liebesform, ebenso wenig.

Dennoch: Theoretisieren ist zweifellos erlaubt, solange die Theorie nicht zum Dogma wird. Irgendwie ist es ja beinahe schon rührend, wie viele Menschen sich im Laufe der Jahre darüber Gedanken machten, warum der Mensch ist, wie er ist. Einigen von ihnen sei an dieser Stelle das Wort gegeben, um ihre psychologischen Theorien zu jenem Thema vorzustellen, das mich zur Außenseiterin macht.

Sigmund Freud, der Altvater der Psychoanalyse und Durchleuchter alles Unbewussten, stellt fest: Weiblichkeit und Masochismus gehören zusammen. Punkt.

Warum?

»Anatomie ist Schicksal«, erklärt er, und Frauen sind aufgrund ihrer Anatomie für den Masochismus prädestiniert, allein schon durch ihre naturgegebene Passivität. Und eine passivere Haltung als die masochistische gibt es schließlich kaum.

Freud findet drei theoretische Ansatzpunkte, den Masochismus zu erklären.

Das erste Freud'sche Theorem: Der Masochismus ist ein nach innen, also gegen die eigene Person gekehrter Sadismus.

Jede kindliche Sexualität erreicht auf einer bestimmten Entwicklungsstufe eine sadistische Phase. Dieser kindliche Sadismus orientiert sich im Regelfall nach außen. Manche Menschen indes richten diesen Sadismus – meist aufgrund einer Verdrängung, zum Beispiel eines ödipalen Komplexes – gegen sich selbst.

Diese Verdrängung lässt den erwachsenen Menschen in einer frühkindlichen sexuellen Entwicklungsphase verharren. Erst wenn es ihm gelingt, seiner Vergangenheit offen gegenüberzutreten, kann er vielleicht einen Teil seiner Angst und den gegen sich selbst gerichteten Sadismus loswerden.

Für den Masochismus gilt laut Freud wie für alle »Perversionsneigungen«: Sie »wurzeln in der Kindheit, jedes Kind hat die Anlagen dazu und neigt sich ihnen ihrer Unreife entsprechend zu. Die perverse Sexualität ist nichts anderes als die vergrößerte, in ihre Einzelregungen zerlegte infantile Sexualität ...«

Und »die auffälligste Erscheinung dieser Perversion liegt darin, dass ihre aktive und passive Form bei der gleichen Person gleichermaßen angetroffen wird. Wer Lust daran empfindet, anderen Schmerz in sexueller Relation zu erzeugen, der ist auch befähigt, den Schmerz als Lust zu genießen, der ihm aus sexueller Beziehung erwachsen kann.«

Ein Sadist ist also immer gleichzeitig ein Masochist. Auch wenn die aktive Seite und die passive Seite von Mensch zu Mensch sehr unterschiedlich stark ausgeprägt sein können.

Das zweite Freud'sche Theorem zum Masochismus leitet sich aus der Theorie des Lustprinzips ab.

Vom Lustprinzip werden laut Freud alle Menschen gesteuert, so auch die masochistischen Menschen.

Während aber gesunde, nicht pervers veranlagte Menschen danach streben, Lust durch schöne, das heißt positive Gefühle zu gewinnen, handelt der Masochist sozusagen dem Lustprinzip zuwider.

In dem Werk »Jenseits des Lustprinzips« erklärt er dazu: »Der Schmerz erhält beim Masochisten eine Funktion, denn es ist nicht anzunehmen, dass der Schmerz ebenso wie andere Unlustgefühle auf die sexuelle Erregung einwirkt und einen lustbetonten Zustand schafft.« Dass der

Schmerz beim Masochisten eine Funktion erhält, erklärt Freud aus dem so genannten Todestrieb: »Das Ziel allen Lebens ist der Tod.«

Der Masochist will dieses Ziel schneller erreichen als der gesunde Mensch. Er trachtet danach, sich aufzulösen, zum Nichts zu werden. Der Masochist möchte sich vernichten, er wünscht, vernichtet zu werden.

Das dritte Freud'sche Theorem: Der Masochismus entspringt einem unbewussten Schuldgefühl.

Ein verdrängtes Kindheitserlebnis, an dem sich der Masochist schuldig fühlt, gebietet ihm zu leiden. Er versteht die Schmerzen und Qualen als Sühne, als selbstauferlegte Buße. Dabei ist es völlig gleich, wer die Bestrafung vornimmt. »Der Masochist hält immer da seine Wange hin, wo er Aussicht hat, einen Schlag zu bekommen …«

Freud rät zu einer Analyse, die das Schuldgefühl erklären wird.

Irgendwie bringt mich Freud nicht weiter. Bislang habe ich weder sadistische Neigungen noch einen Todestrieb bei mir verspürt. Und warum sollte ich mich analysieren lassen, solange ich mich wohl fühle mit meinem Masochismus?

Nun gut, Freud räumt ein, dass es beim Thema Masochismus noch viel zu überdenken, zu hinterfragen und zu erklären gäbe. Hätte er nur mal mich gefragt …

Aber: Kann ich als weiblicher Masochist einen Analytiker überhaupt ernst nehmen, der nur Männer analysierte?

Also soll als Nächstes eine Frau zu Wort kommen.

Karen Horney, ebenfalls Psychoanalytikerin, widmet sich vornehmlich dem weiblichen Geschlecht.

»Masochistische Frauen haben die Neigung, sich abhängig zu machen«, erklärt sie, »und diese Abhängigkeit scheint lebensnotwendig, denn eine derart veranlagte Frau glaubt, ohne die ständige Nähe, Bereitschaft und Liebe eines anderen gar nicht existieren zu können.«

Eine masochistische Frau ist, so wie ich Frau Horney verstehen muss, eine Frau, die sich derart an einen Menschen klammert, dass sie die Grenzen, welche die Beziehung zu ihm hat, nicht mehr wahrnehmen kann. Sie steht im ständigen Kampf um Beweise für die Liebe des anderen.

Verbindungen, die auf dieser Form von Abhängigkeit beruhen, sind geprägt durch die Feindseligkeit der Frau dem Partner gegenüber. Der Grund ist, dass die Frau an den Partner Erwartungen stellt, die dieser gar nicht erfüllen kann. Da ihr, der masochistischen Frau, Energie, Initiative und Mut fehlen, erwartet sie, dass der Partner ihr all dies geben kann – und wird natürlich enttäuscht.

Ihre Feindseligkeit, ihre Wut dem Partner gegenüber kann eine solche Frau nicht zum Ausdruck bringen. So entwickelt sie, nach Karen Horneys Vorstellungen zumindest, eine gewisse Bitterkeit dem anderen gegenüber. Dies verschärft den Konflikt, in dem sie sich befindet: Einerseits braucht sie den anderen, andererseits hasst sie ihn.

Eine weitere Verschärfung des Konflikts wird dadurch hervorgerufen, dass sie es nicht ertragen kann, wenn auch nur die geringste Distanz zwischen ihr und dem Partner besteht. Sie glaubt, auf alle Wünsche ihres Partners bedingungslos eingehen zu müssen, um ihn ja nicht zu verlieren. Diese Devotheit jedoch interpretiert sie als Unterdrückung durch den Partner.

»In gelegentlichen Explosionen entlädt sie ihre Spannungen. Aber insgesamt wird sie ihre Feindseligkeit nicht los, weil sie den Partner braucht und Angst hat, ihn zu verlieren. Letztlich«, so Frau Horney, »lebt eine solche Frau also in dem ständigen Konflikt zwischen Abhängigkeit und Feindseligkeit.«

Eine masochistische Frau kann also, folgt man diesem Gedanken, niemanden lieben. Und sie glaubt auch nicht, dass ihr Partner oder überhaupt irgendjemand sie wirklich lieben könnte.

Ihre Hingabe ist nicht mehr als ein kindliches Klammern. »Alles in allem will so eine Frau eigentlich ein Kind sein – und dies«, so Karen Horney, »ist ein neurotischer Wunsch.« Und Neurosen, das ist ja bekannt, basieren auf verdrängten Kindheitserlebnissen, und diese müssen in einer Analyse erforscht werden …

Verdrängte Kindheitserlebnisse, Neurosen, Feindseligkeit, ja Hass dem Partner gegenüber …

Nach der Lektüre von Karen Horney könnte ich beinahe Angst vor mir selbst kriegen.

Aber geben wir noch nicht auf. Befragen wir eine andere Frau.

Die Theorie von Helene Deutsch, ebenfalls Analytikerin, ist auf eine kurze Formel zu bringen: »Die Frau erlebt den Geschlechtsakt als masochistische Handlung.«

Aber eigentlich ist dieser Geschlechtsakt nur der Auftakt. So richtig zum Höhepunkt kommt die Frau erst neun Monate später. Denn die Geburt ist eine »Orgie masochistischer Lust« (das steht da wirklich!).

»Und so lässt sich auch die Frage beantworten, wann ein Mädchen zur Frau wird: sobald sie sich dem Masochismus zuwendet.« (Dann wurde ich ja früh zur Frau!)

Es gibt noch eine Luststeigerung für die masochistische Frau: in der Mutterschaft. Sexual- und Fortpflanzungstriebe sind jetzt durch eine »masochistische Brücke« verbunden, und in der Beziehung zu ihrem Kind findet der Masochismus der Frau seinen stärksten Ausdruck …

Aber egal, ob einem das Glück der Mutterschaft vergönnt ist oder nicht: »Die Attraktion des Leidens ist bei Frauen unvergleichlich stärker als bei den Männern.«

So Helene Deutsch im Jahre 1944.

Meine Verwirrung wächst. Langsam kommen Zweifel auf: Vielleicht *bin* ich gar keine Masochistin, denn bei mir ist doch alles ganz, ganz anders …

Oder habe ich nur die Bücher der falschen Analytikerinnen gelesen? Geben wir also einer weiteren Theoretikerin die Chance.

Marie Bonaparte bringt es in ihrem 1953 erschienenen Buch über Sexualität, das sich unter anderem mit dem weiblichen Masochismus beschäftigt, auf den Punkt: »Der Masochismus ist feminin«, und zwar in all seinen Erscheinungsformen. (Hatte ich bei Freud nicht schon so was Ähnliches gelesen …?)

Wusste ich es doch: Alle Frauen sind Masochistinnen.

Jedenfalls erklärt Marie Bonaparte, dass jede Frau ihr Leben lang ihren (verborgenen) Masochismus ständig beweist, ob sie das nun will oder nicht. Es beginnt mit dem frühkindlichen Wunsch, vom Vater missbraucht und geschlagen zu werden, setzt sich fort mit dem Verlangen, von ihm kastriert zu werden, und endet mit der Hoffnung der erwachsenen Frau, vom Mann, der jetzt den Vater ersetzt, vergewaltigt und gedemütigt zu werden.

»Gerade beim geschlechtlichen Akt beweist jede Frau ungewollt ihre masochistischen Neigungen, indem sie die Koitusbewegungen annimmt, die in Wahrheit Schlägen entsprechen, und dabei Lust gewinnt.«

Aha, alles klar: Ich bin völlig normal, unbeschreiblich

weiblich. Nur meine Geschlechtsgenossinnen sind sich ihres Masochismus noch nicht bewusst geworden, haben ihn vielleicht verdrängt. Wie wäre es mit einer Analyse?

Meine Hilflosigkeit wird immer größer: Wenn mir nicht einmal die Frauen unter den Analytikern einen brauchbaren theoretischen Ansatz liefern können …

Versuchen wir es also doch noch einmal mit einem Mann. Er hat sich mit dem Thema Masochismus zwar nur beiläufig befasst. Aber immerhin gilt er als eine Kapazität für derlei Probleme.

Erich Fromm sieht den Ursprung meiner masochistischen Neigung ganz woanders als seine zuvor zitierten Kollegen und Kolleginnen.

Verfolgen wir einmal kurz die Theorie, die er in seinem Buch »Die Furcht vor der Freiheit« entwickelt. »Das kleine Kind ist durch die Nabelschnur mit seiner Mutter verbunden. Wenn es geboren wird, muss die Nabelschnur durchtrennt werden – das gilt auch im übertragenen Sinne: die primären, also ersten Bindungen, die dem Kind Sicherheit, Geborgenheit und die Gewissheit der Zugehörigkeit gaben, müssen zerschnitten werden, damit das Kind selbstständig und frei werden kann.«

Der Verlust der primären Bindungen bedeutet nicht nur Freiheit, sondern auch Einsamkeit. In eine fremde Welt entlassen, die »überwältigend stark und mächtig, oft auch bedrohlich und gefährlich ist«, entwickelt das Kind »ein Gefühl der Ohnmacht und der Angst«.

Nach dem Gewinn der Furcht erregenden Freiheit hat das Kind zwei Möglichkeiten. Die erste: Es kann eine spontane Verbindung mit der Welt eingehen, durch Liebe und Arbeit, und seine Gefühle, seine Sinne und seinen Intellekt frei und ungezwungen entwickeln. Wenn es ihm gelingt, diese positive Freiheit zu erlangen, kann es wieder mit seinen Mitmenschen, der Natur und sich selbst eins werden, ohne seine Selbstständigkeit zu verlieren.

Das Kind kann aber auch – die zweite Möglichkeit – auf seine Freiheit verzichten. Dieser Verzicht geht einher mit der Entwicklung von Fluchtmechanismen. Eine der Fluchtmöglichkeiten ist der Masochismus.

»Der masochistische Mensch versucht die alte primäre Bindung durch neue sekundäre zu ersetzen, und zwar indem er seine Persönlichkeit verschmelzen lässt mit jemand oder etwas außerhalb von sich selbst – indem er sich einer Autorität unterwirft.« Dasselbe gilt für den Sadisten. »In beiden Fällen handelt es sich um eine Flucht vor der Einsamkeit.« Aha! Mir fallen siedend heiß meine Kindheitserlebnisse ein. Habe ich mich also meinem imaginären Vater, dem Black-Moon-Sektenführer und später Jackson nur deshalb unterworfen, weil ich die Lostennung von meiner ach so geliebten Mutter nicht ertrug? Aber warum wäre ich dann so gern von meiner Mutter geschlagen worden?

Aber vielleicht sehe ich das alles viel zu subjektiv. Also weiter mit Fromm:

»Das masochistische Verhalten äußert sich am häufigsten als Gefühl der Unterlegenheit, Ohnmacht und Bedeutungslosigkeit. In Analysen zeigt sich, dass sich solche Menschen zwar über diese Gefühle beklagen, sich aber unterbewusst gern minderwertig und unbedeutend fühlen möchten.«

Aber ich beklage mich doch gar nicht! Ganz und gar nicht. Und ich will mich auch gar nicht unbedeutend fühlen! Keineswegs. Ich habe vielmehr das Gefühl, umso bedeutender zu werden, je mehr ich mich einem wirklich geliebten und starken Menschen unterwerfe. Ich will nicht herabgesetzt werden oder gar nichtig sein. Ich will, dass ich für diesen Menschen das Wichtigste, Beste und Wertvollste bin. Was nun, Herr Fromm?

»Ein Mensch, für den es unerträglich ist, in Freiheit zu leben, ist nicht unbedingt neurotisch zu nennen.« (Na, Gott sei Dank!) »Seine Liebe und seine bewundernde, bereitwillige Haltung zur Unterwerfung werden automatisch durch Macht geweckt, ganz gleich ob diese Macht von einer Person oder einer Institution ausgeht. Die Macht um ihrer selbst willen fasziniert ihn.«

Ich habe aber überhaupt keine Lust darauf, mich Institutionen zu unterwerfen, und seien sie noch so mächtig. Und die Macht als Macht interessiert mich wenig, und Angst vor der Freiheit habe ich auch nicht, im Gegenteil, ich brauche sie, weil ich mich eben nur aus der Freiheit heraus wirklich unterwerfen kann, und überhaupt ...

Ganz ehrlich: Ich bin verwirrt. Vielleicht bin ich zu guter Letzt gar nicht masochistisch?

Wiedererkannt habe ich mich jedenfalls in keiner dieser ach so klug formulierten Thesen, die von mir handeln sollen. Nicht weil ich es nicht wahrhaben wollte, sondern weil tatsächlich keines der Erklärungsmodelle auf mich und meine Wünsche zutrifft.

Und wie gesagt: Loswerden will ich sie um keinen Preis, diese Lust an der Unterwerfung, meinen Wunsch nach Schmerz, nach Liebe, nach Stärke ...

Enttäuscht von den psychologischen Theorien, gehe ich auf die Suche nach literarischen Vorbildern für eine Frau mit masochistischen Neigungen.

Ich wühle mich durch Unmengen von erotischer Literatur und solcher, die es gern wäre.

Fehlanzeige.

Am Ende bleibt tatsächlich nur der Griff zum altbewährten Standardwerk ...

Die Freiheit, sich zu unterwerfen

»Die Geschichte der O«

Die »Geschichte der O« ist als ein Meisterwerk des Sadomasochismus zu Weltruhm gekommen. Eine Offenbarung, so heißt es, für jede Masochistin. Und das scheint zu stimmen: Ich fand keine masochistische Frau, die nicht in höchsten Tönen von dieser Geschichte zu schwärmen begann, kaum dass das Werk angesprochen wurde.

Warum?

Um ganz ehrlich zu sein: Ich verstehe das auch nicht so richtig.

Was also hebt sie hervor, diese Erzählung einer gewissen Pauline Reage (es gibt allerdings die Vermutung, dass sich hinter diesem Pseudonym in Wahrheit ein Mann verbirgt), die so ungetrübten Beifall findet und bislang konkurrenzlos an oberster Stelle der Pflichtlektüre einer guten Masochistin steht?

Die O ist eine ganz normale Frau, zunächst einmal: nicht besonders unterwürfig, sogar eine für damalige Verhältnisse sehr emanzipierte Frau, einigermaßen hübsch und beruflich erfolgreich.

Zur »O« wird die O erst durch René, ihren Geliebten. Er, ein hübscher, doch recht scheuer junger Mann, verlangt mehr als einfache Liebe von ihr. Er will ihre Unterwerfung. Er bestimmt, dass sie ihm gehört und ihm gehorcht. Und er braucht weder Ketten noch Peitsche, um seinen Willen durchzusetzen.

Denn O macht *sich freiwillig* zu seiner Sklavin, aus Liebe. Für mich ist dies eine der wichtigsten Stellen des Werkes, da sie die wahrhaft masochistischen Züge der O zeigt: Sie *will* sich unterwerfen.

Os Zukunft entscheidet sich, als sich René eines Tages mit ihr in ein sonderbares Taxi setzt. Während der Fahrt, deren Ziel sie nicht kennt, muss O ihre Strumpfhalter öffnen, ihre Strümpfe ausziehen, zuletzt auch ihren Slip.

Schließlich hält der Wagen in einer schönen Allee vor einem kleinen Palais. René sagt ihr, dass sie angekommen seien, knöpft ihre Bluse auf, durchschneidet mit einem Taschenmesser die Träger ihres Büstenhalters und zieht ihn ihr aus. Unter der Bluse, die er wieder geschlossen hat, sind jetzt ihre Brüste frei und nackt, wie ihr ganzer Körper frei und nackt ist von der Taille bis zu den Knien.

Und dann kommt ein Moment, der aufregend ist für jede devote, jede masochistische Frau. »Hör zu«, sagt er. »Es ist so weit. Ich lasse dich jetzt allein. Du steigst aus und klingelst an der Tür, du folgst der Person, die dir öffnet, du tust alles, was man von dir verlangt. Wenn du nicht gehorchst, wird man dich zwingen zu gehorchen. Deine Tasche? Nein, du brauchst deine Tasche nicht mehr. Du bist nur ein Mädchen, das ich abliefere. Geh!«

Und O geht – gehorsam, demütig, ohne ein Wort, ohne einen Blick zurückzuwerfen. Das Haus, in das sich O begeben muss, hat nur eine Bestimmung: In ihm werden Frauen benutzt, gefügig gemacht, mit allen nur erdenklichen Methoden.

»Die Lederpeitsche, die der Mann am Gürtel trug, bestand aus sechs Riemen mit Knoten am Ende, die ganz steif aussahen, was auch der Fall war, wie sie fühlen konnte, denn man berührte damit ihren Schoß und spreizte ihre Schenkel, damit sie besser spüren konnte, wie feucht und kalt die Schnüre sich auf der zarten Haut der Innenseite anfühlten.« O wird gepeitscht, vergewaltigt und gefoltert. Sie muss bestimmten Vorschriften Folge leisten, die ihrer Fügsamkeit dienlich sein sollen. Zum Beispiel darf sie nur solche Kleider tragen, die es den anwesenden Männern und später dem Geliebten ermöglichen, sie jederzeit zu nehmen. Sie darf die Beine nie schließen, ihre Lippen müssen stets halb geöffnet sein, und sie darf nie in die Gesichter der Männer schauen, nein, ihr Blick darf sich nur bis zum männlichen Geschlechtsteil heben, nicht weiter, weil nichts weiteres für O maßgeblich ist.

Nach einigen Wochen ist O dann so weit: Sie ist so gefügig geworden, wie es ihr Geliebter René gewünscht hat, und darf mit ihm nach Hause fahren. Dort lebt sie ihr modernes Leben weiter. Sie gehorcht René, und sie liebt ihn.

Eines Tages aber führt ihr Geliebter sie einem neuen, viel strengeren Herren zu: Sir Stephen. Er ist um vieles härter und konsequenter, als René es war. Er peitscht die O und verlangt ihren unbedingten Gehorsam. Er verleiht sie und erniedrigt sie, lässt ihre Schamlippen mit seinen Initialen brandmarken. O gehört nun ganz Sir Stephen – und liebt jetzt ihn anstelle von René.

Aus der Liebe entwickelt sich eine extreme seelische Abhängigkeit. O ist Sir Stephen ganz und gar verfallen – so sehr, dass sie mit Freuden tut, was immer er von ihr verlangt, dass sie es beispielsweise genießt, ihm den Wunsch erfüllen zu dürfen, sie mit einer anderen Frau im Bett zu beobachten. O ist die willenlose Sklavin Sir Stephens geworden – und ist sehr glücklich dabei.

»Die Geschichte der O« hat verschiedene Ausgänge. In der Ursprungsfassung kehrt sie zurück in das Haus, in dem sie zur Sklavin erzogen wurde.

Der zweite Schluss endet um einiges dramatischer: O erbittet ihren Tod, als sie merkt, dass Sir Stephen sie verlassen wird. Er gibt seine Zustimmung.

So weit also die Geschichte der O.

Sicher, die Geschichte ihrer Unterwerfung und ihrer Ausbildung zur perfekten Sklavin hat einige Momente, die jede Masochistin mit Entzücken erfüllt. Viel interessanter als die einschlägigen Quäl- und Vergewaltigungsszenen finde ich aber ein anderes Element des Werkes.

Ich meine die Tatsache, dass sich das ganze Geschehen ausschließlich um die Bedürfnisse der O dreht. Sie wird zwar erniedrigt, gepeitscht und vergewaltigt. Aber bei all diesen Züchtigungen sind die Männer letztlich nur Statisten. Sie haben eigentlich nur die Funktion, O gemäß ihrer masochistischen Neigung und ihres narzisstischen Geltungsbedürfnisses das zu geben, was sie braucht. Die Männer, sowohl die Diener als auch die Herrscher, bilden lediglich den passenden Hintergrund für die Person, um die es einzig und allein geht: O.

»Die Geschichte der O« macht sinnfällig, wie sehr das Gelingen einer solchen Liebesform oder auch nur eines sexuellen Unterwerfungsaktes zu guter Letzt von der abhängt, die doch scheinbar alle Fäden aus der Hand gibt, passiv ist, sich unterwirft.

In der Tat unterwirft sich die O, aber sie tut es stets nur aus der Freiheit heraus, erst wenn sie eine Situation vorfindet beziehungsweise geschaffen hat, die ihrem Willen entspricht.

Man stelle sich diese Geschichte ohne die O vor – es geht nicht. Die O ist die einzige Figur, die nicht austauschbar ist. Von ihrer Persönlichkeit, von ihrer Unterwürfigkeit, von ihrer Art der Unterwerfung, von ihrer Liebe, von ihrem Schmerz lebt die Handlung.

Die ausführende Gewalt, ihre Diener, ja selbst ihre Liebhaber indes sind austauschbar.

Einen René kann man überall haben – ein lieber, aber etwas zu softer Jüngling ohne eigenen Willen. Es gefällt ihm, wie O geschlagen wird, aber er schlägt sie nicht selbst. Und er duckt sich – was am deutlichsten wird, als Sir Stephen auftaucht und O für sich verlangt.

Auch Sir Stephen, Os große Liebe, ist nicht als überragende Persönlichkeit beschrieben. Wie René bleibt er ein Schemen, die verschwommene Gestalt eines Mannes, der lediglich eine Funktion zu erfüllen hat. Was ihn heraushebt, ist lediglich die Tatsache, dass O ihn liebt.

O, die Unterwürfige, ist die eigentliche starke Gestalt der Geschichte. Sie bestimmt das Geschehen. Damit realisiert diese Geschichte in gewisser Weise die Bedürfnisse jeder masochistischen Frau, ihren Wunsch, der Mittelpunkt zu sein, das Wichtigste – gerade dadurch, dass sie sich aufgibt, sich unterwirft.

Ein Paradox? Es mag so erscheinen. In jedem Fall ist es ein sehr aufregender Widerspruch in der masochistischen Psyche der Frau, den die »Die Geschichte der O« aufdeckt: Erst in dem Augenblick, da O vom Recht, über sich selbst zu verfügen, vom Recht auf persönliche Lustgefühle befreit wird, erst in dem Augenblick, da sie ihre Identität verliert, findet sie eine wahrhaft eigene Identität.

»Endlich kann ich mich sicher fühlen, stark, stolz und rein, erfüllt von einer großen inneren Ruhe. Endlich finde ich mich selbst – weil ich mich selbst verloren habe. Endlich bin ich ›O‹ geworden.«

In der Versinnbildlichung dieses Widerspruchs dürfte der Reiz liegen, den »Die Geschichte der O« ausübt.

Umwege

Von der Schwierigkeit, eine Masochistin zu sein

All die klugen Theorien über den weiblichen Masochismus und auch »Die Geschichte der O« – so sensibel sie bestimmte Elemente der masochistischen Existenz auch versinnbildlicht – konnten mir keine Hilfe sein bei der Lösung meiner persönlichen Probleme.

Nach dem Reinfall mit Mario wurde ich erst mal sehr vorsichtig. Zu viel war in mir durch die Jahre mit ihm verletzt worden, zu viel war kaputtgegangen. Ich hatte mich zu lange verleugnet in dieser Beziehung, von der ich einmal geglaubt hatte, sie bringe mir die Erfüllung meiner so lange verdrängten Wünsche.

In der ersten Zeit nach dem Ende meiner Mario-Dienstzeit zog ich mich ganz zurück. Ich wagte keine Experimente mehr in Sachen Sklavenexistenz.

Ich hatte Angst nach diesen drei Jahren. Wirkliche Angst. Irgendwie erschien mir das sehr seltsam: Jahrelang hatte ich den Wunsch gehabt, mich zu unterwerfen, und als sich dieser Wunsch dann endlich erfüllte, verletzte mich die Erniedrigung zutiefst.

Gab es etwa eine »gute« und eine »schlechte« Erniedrigung? Nein, das konnte ich nicht glauben. Vermutlich hatte Mario Recht gehabt. Ich war einfach feige. Ich hatte Angst vor der Wirklichkeit.

Ich kam zu dem Schluss, mir selbst etwas vorgemacht zu haben:

Ich bin gar keine Masochistin, sondern eine ganz durchschnittliche Frau, mit ein paar seltsamen Fantasien vielleicht, aber ansonsten: total normal.

Aus der vermeintlichen Einsicht in meine Normalität zog ich die praktische Konsequenz. Ich versuchte als normale Frau zu leben und zu lieben.

Ein paar harmlose Techtelmechtel mit normal empfindenden Männern.

Ich war imstande, die Zärtlichkeiten zu genießen, die sie mir zukommen ließen. Ich war doch sehr von Mario und seinen Misshandlungen, seinen seelischen Grausamkeiten geschädigt – das merkte ich bei den wenigen Liebesabenteuern, die nach ihm kamen.

Das erste Mal, als ein Mann mich ausgiebig streichelte, zärtlich meinen Namen sagte und mich lange küsste, brach ich in Tränen aus. Er war verunsichert. Ich stammelte etwas von irgendeinem miesen Unterdrücker, erzählte Halbwahrheiten.

»So einer gehört aufgehängt!«, stieß der sanfte Jüngling in meinem Bett hervor. »Mein Gott – so was sind ja keine Menschen mehr.« Er streichelte mich noch zärtlicher in seinem Mitleid.

Ich genoss. Ich saugte seine Zärtlichkeit auf, tief in meine verwundete Seele.

Das Nachholbedürfnis in Sachen Zärtlichkeit war groß.

Meine Seele war kaum genügend balsamiert, meine Lust ausreichend gestillt, da bekam ich Zweifel.

Ist es das wirklich, was du brauchst? fragte ich mich nach einem besonders zärtlichen, liebevollen und durchaus auch leidenschaftlichen Erlebnis. Ist das dein zukünftiges Leben? Sieht so deine Erfüllung aus?

Ja, ja, ja! hämmerte ich mir ein. Du bist doch normal – also wird das Glück der normalen Welt auch dein Glück sein.

Ich befreundete mich mit einem normalen, anständigen, durchschnittlichen, zärtlichen jungen Mann und dachte schon bald an Heirat.

Schluss mit den Spinnereien – endgültig.

Wir lebten zusammen, in einer stilvoll eingerichteten Wohnung, hatten die gleichen Interessen, dieselben Freunde.

Unser Sexualleben war in Ordnung. Er war rücksichtsvoll, meine Befriedigung kümmerte ihn ebenso wie seine eigene. Er redete von Kindern. Wir redeten von Kindern.

Unsere Eltern freuten sich. Meiner Mutter fiel eine Zentnerlast vom Herzen, auch mein Vater zwang sich ein Lächeln ab: Sie hat sich gerade noch gefangen – die wilden Jahre sind vorbei.

Meine Mutter strickte die ersten Baby-Jäckchen. Der Hochzeitstermin stand fest, erste Einladungen waren bereits geschrieben. Es war kurz vor Weihnachten.

Ich lief durch festlich geschmückte Straßen, durch den Geruch von Bratäpfeln und Zimtsternen: die Aussteuer besorgen.

Die Verkäuferin vom Wäschehaus riet mir zu Leinenbettwäsche: »Die hält ein Leben lang.«

Ein Leben lang …

Ein Leben lang in Leinenbettwäsche.

Ein Leben lang neben ihm. Nacht für Nacht.

Leinen. An irgendwas erinnerte mich das plötzlich. Von weit, weit her kam die Erinnerung: Leinen, Wäsche, weiße Leinenwäsche … Marga. Die Kindheit im Erziehungsheim. Gebleichtes Leinen.

Mein Gott, Marga. Und ich, damals, auf der Suche nach mir selbst. Auf der Suche nach der Erfüllung als masochistische Frau. Wie lange war das schon her?

»Es gibt das Leinen in allen Farben – Sie müssen nicht Weiß nehmen«, erklärte die Verkäuferin. »Vielleicht Rosa oder Gelb …«

Gelbes Leinen. Das würde zu den Schlafzimmermöbeln passen, die meine Eltern beisteuerten. Kiefer massiv. Einmal was Richtiges – es sollte ja für immer sein.

Marga hatte samstags über dem mit Cord bezogenen Eichensessel gelegen. Mit entblößtem Hinterteil. Stockschläge. Sie wird den Sessel an den anderen Tagen der Woche betrachtet haben mit einer Mischung aus Liebe und Spannung, da war ich sicher. Sie hat vielleicht nach Spuren gesucht, im Holz, auf dem Stoff, nach Spuren ihrer Liebe, Spuren ihres Schmerzes, Spuren ihrer Lust.

In dem gelben Leinen würde es keine Spuren geben. Jedenfalls nicht solche Spuren.

»Können Sie gut bei neunzig Grad in der Maschine waschen.« An so was musste ich jetzt denken. Keine Gedanken mehr an Spuren, an Lust, an Schmerz …

Ich ließ mir die gelbe Leinenwäsche einpacken.

»Ein guter Kauf. Sie wird ein Leben lang halten.«

Ein Leben lang. Dieser Satz hämmerte in meinem Kopf. Ich sah mich unter diesem gelben Leinen liegen, ein Leben lang: als Dreißigjährige, als Vierzigjährige, als Mutter dreier Kinder, den schlafenden Ehemann neben mir, später als Oma – immer in demselben Leinen.

Noch vier Wochen bis zu unserer Hochzeit. Die Vorbereitungen liefen auf Hochtouren.

Ich ertrug die Ruhe nicht, das merkte ich plötzlich.

Die Uhr lief. Bei mir machte sich langsam Panik breit.

Ich kämpfte um die Sitzordnung beim Hochzeitsmahl

und eine andere Kirche für die Trauungszeremonie. Ich kämpfte gegen die Einladung meiner Großtante, deren politische Gesinnung mir nicht passte, und gegen das ausgewählte Hochzeitskleid, das ich plötzlich nicht mehr tragen mochte. Kämpfen um des Kämpfens willen: Ich will das Bild nicht hier hängen haben! Die blöde gelbe Wäsche will ich auch nicht! Ich will keinen Fernseher im Schlafzimmer! Ich koche nicht in der Mikrowelle! Ich will eine Futon-Matratze, die ist gesünder! Wenn es die Möbel nicht in Kiefer massiv gibt, dann will ich überhaupt keine Kiefer im Schlafzimmer. Ich will auch die Einbauküche nicht, so was ist für Spießer! Ich will einen Schaukelstuhl! Ich will eine kleine Feier! Ich will, ich will, ich will …

Der Ausbruch kam genau eine Woche vor der Trauung.

Ich tobte, wütete, schrie. Schrie den Mann an, den ich in einer Woche heiraten wollte.

Er stand fassungslos da. Glaubte, dass ich krank sei oder die Aufregung zu groß. Einen Arzt wollte er holen.

»Einen Arzt«, höhnte ich, »das sieht dir ähnlich!« Und dann schrie ich es ihm ins Gesicht: »Einen *Mann* bräuchte ich!«

Ich erkannte die wilde Sechzehnjährige in mir, so viele Jahre später. Toben, wüten, schreien. Kämpfen, um besiegt zu werden. Grenzen suchen, Grenzen spüren. Und da war keiner, der sie mir zeigte.

Betroffenheit. Er wandte sich ab. Mit so was konnte er nicht umgehen, mit so was kannte er sich nicht aus.

Er war normal.

Aber ich nicht. »Ich bin nicht normal, verstehst du?«, schrie ich ihn an. »Ich bin eine masochistische Frau!«

Er riss die Augen auf, fassungslos, entsetzt. »Du weißt nicht, was du da sagst!«

O doch, das wusste ich, und ich wusste auch, dass es

stimmte, und ich wusste, dass es schwierig sein würde und dass ich vielleicht mein ganzes Leben lang suchen würde, vielleicht sogar mein ganzes Leben lang umsonst.

Mein ganzes Leben. Besser ein ganzes Leben auf der Suche nach dem Richtigen als ein ganzes Leben in der tristen Welt der Normalität, in gelbes Leinen gehüllt. Ich war ganz leicht in dieser Nacht, in der ich ihn verließ. Ich wusste jetzt: Ich werde mich nicht verraten. Ich werde mich nicht verkaufen für ein bisschen Ruhe, für eine trügerische Sicherheit.

Ich wollte leben. Ich wollte lieben.

Ich wollte leiden.

Und wenn mir dieser Weg noch so schwer würde.

Natürlich würde mein Weg schwer werden.

Ich war sehr vorsichtig geworden. Ich wollte nichts überstürzen. Um jeden, der ein potenzieller Dominus war, machte ich erst mal einen großen Bogen.

Nichtsdestotrotz wütete die Sehnsucht mehr denn je in mir. Ich fragte mich, wie es wohl anderen Frauen nach der Trennung geht. Ich hörte und las von Frauen, die eine ganze Weile bewusst allein leben, und das anscheinend ohne negative Auswirkungen auf ihr Sexual- und Seelenleben. Gut, hin und wieder das Eingeständnis, sich einsam zu fühlen. Aber meist wird dieses Gefühl als Preis der persönlichen Freiheit gern bezahlt. Und eine neue Liebschaft ist bei Bedarf schnell gefunden.

Auch das versetzte mich in Staunen. In was verliebt sich eine »normale« Frau?

»In seine schönen Augen ...«

»In seine gepflegten Hände ...«

»In seinen sensiblen Mund ...«

Ich kam da nicht mit: Es gibt Tausende von sensiblen Mündern, Abertausende von schönen, ausdrucksvollen

Augen, die meisten Männerhände sind gepflegt – wie einfach muss es da für eine »normale« Frau sein, sich zu verlieben!

Kein Wunder, dass die »Normalen« umso vieles leichter auf eine Beziehung verzichten können, die Trennungen so viel leichter und besser überstehen. Ein Ersatz ist ja jederzeit leicht zu finden.

Und ich?

Bei so einer wie mir, da ist alles ganz anders und viel, viel schwieriger ...

Ich achte nicht auf männliche Augen, Hände oder Münder. Ich betrete einen Raum, ein Café, steige in die U-Bahn oder gehe zu einer Party – und *fühle*. Längst nicht immer – aber wenn, dann mit Haut und Haaren. Rein physisch fühle ich die Atmosphäre von Macht und Stärke, von Dominanz. Meine Reaktionen sind reflexartig: Meine Knie geben nach, mein Herz schlägt schnell und laut. Ich werde unruhig. Ich suche den Ausgangspunkt dieser Kraftquelle, den Menschen, der diese Stärke ausstrahlt. Es ist ein Mann – fast immer.

Sein Aussehen registriere ich nur beiläufig – solche Nebensächlichkeiten sind unwesentlich. Seine Haltung ist interessant, sein Gestus, seine Art zu sprechen, sein Blick.

Wenn ich ihn so auf mich wirken lasse, kann schon alles zu Ende sein – und meistens ist es das auch. Ein Wichtigtuer mit wilder Gestik, ein unsicherer Blick, eine zu schnelle oder zu laute Stimme – vorbei!

Im positiven Fall aber verstärkt sich das erste Gefühl: Er hat etwas. So etwas ...

Zuhören. In seine Nähe kommen. Unauffällig.

Die nächste Hürde: Ich darf auf keinen Fall die Initiative ergreifen, ich darf auf keinen Fall auf mich aufmerksam machen. Denn das wäre mit Sicherheit das Ende. *Er* muss kommen. Und das auf die richtige Art und zum richtigen Zeitpunkt. Kommt er zu früh, ist das schlimmer, als wenn er zu spät kommt. Zeigt er mir sein Interesse, kann er mehr zerstören, als wenn er zu lässig ist. Von hundert Männern fallen hier siebenundneunzig durch.

Entweder sie beachten mich überhaupt nicht (was dann wenigstens noch einen ganz eigenen Reiz hat), oder aber (und das passiert am häufigsten) sie kommen auf eine falsche Art auf mich zu. Zu direkt. Zu unsicher. Zu bestimmt. Zu beiläufig.

Ganz oft überfällt mich in einer solchen Situation dann doch wieder der Wunsch, normal zu sein. Denn selbst wenn bis zu diesem Moment alles gelingen sollte: Es ist ja doch erst der Anfang vom Anfang gemacht. Erst jetzt beginnt der Hürdenlauf durch die Hunderte von unvorhersehbaren kleinen Hindernissen, die den Anfang schon zum Ende machen können:

Er ist vielleicht selbstbewusst und erfolgreich – aber er schlägt prinzipiell keine Frau.

Oder er wünscht sich eine sehr aktive Partnerin.

Oder er ist *zu* zärtlich.

Oder er ist *zu* brutal.

Oder er ist *zu* schnell bei der Sache.

Oder viel zu langsam.

Er redet vorher zu viel davon.

Oder er redet gar nicht darüber.

Wer aber diesen Hürdenlauf sicher bewältigt hat, der ... ist auch nicht zu beneiden.

Denn jetzt passiert etwas, das den meisten Männern so wünschenswert denn doch nicht ist: Ich verliebe mich. Aber das auf eine Weise, die jedem normalen Verliebtsein spottet.

Denn der Mann, der so weit kommt, der so weit in mein

Sicherheitssystem eindringt, der wird mich nicht mehr los, das weiß ich. Ich ergebe mich, ich schmelze dahin, ich werfe mich geradewegs in seine Arme – oder besser: vor seine Füße. Und jetzt ist es an ihm zu bestimmen, was er mit mir macht.

Ich habe es da viel schwerer als andere Frauen – mit mir selbst. Ich komme von diesem Menschen kaum mehr los. Selbst wenn ich jetzt spüren sollte, dass er mich nicht so nehmen möchte, wie ich von ihm genommen werden möchte: Ich bleibe.

Eigentlich müsste ich sofort verschwinden, aber ich bleibe und leide – als emanzipierte, freie, selbstbewusste Frau. Ich bleibe, weil ich leide.

Mit Mario war es ein bisschen so gewesen.

Ich begann ihn zu verachten, beinahe schon zu hassen für die Art und Weise, wie er mich erniedrigte, meine Person, meine Gefühle und meine Wünsche missachtete.

Aber ich brauchte und wollte das Leid, den Schmerz und die Unterwerfung, die Erniedrigung – und ich entschied mich zu bleiben und weiter zu leiden, sehr lange.

Meine Gefühle sind schon sehr seltsam. Sehr verworren, sehr widersprüchlich, sehr unverständlich.

Die Bestimmung des Weibes

Friedrich Nietzsche und die Emanzipationsbewegung

Irgendwann wurde Friedrich Nietzsche für mich als masochistische Frau zur Offenbarung. Und das, obwohl er überhaupt nichts über masochistische Frauen sagt.

Aber er spricht über Frauen, über das »Weib« und darüber, wie es sich zu verhalten habe, und darüber, was es ist. Ich habe nie wieder eine Aussage über Frauen gefunden – weder bei Männern noch bei Frauen –, die in mancher Hinsicht derart auf mich zutraf, die mich so von Grund auf verstanden hat, als das, was ich sein möchte und wie ich begriffen werden möchte. Dabei fällt bei ihm nirgendwo das Wort Masochismus.

Nietzsche begegnete mir zufällig wieder. In der Schule hatte ich ihn als schwer verdauliche Kost abgetan – und in die hinterste Ecke meines Bücherregals gesteckt: als verstaubt, langweilig, schwierig. Aber dann fiel mir dieser Satz wieder ein, diese Aufforderung, welche die Entrüstung jeder weiblichen Moralistin und Feministin hervorruft und die mich doch zugleich so ungeheuer faszinierte: »Gehst du zum Weibe, vergiss die Peitsche nicht …«

Eilig holte ich Nietzsches Schriften wieder aus dem Regal. Vor allem »Jenseits von Gut und Böse« – und mir ging das Herz auf: Mit diesem Mann hätte ich gern gelebt! Obwohl auch ich, die ich so gern unterworfen werden wollte, bei seinen Ausführungen über das »Weib« einige Male schlucken musste. So bei folgender Passage aus »Gut und Böse«: »Das Weib will selbstständig werden: und dazu fängt es an, die Männer über das Weib an sich aufzuklären – *das* gehört zu den schlimmsten Fortschritten der allgemeinen *Verhässlichung* Europas. Denn was müssen diese plumpen Versuche der weiblichen Wissenschaftlichkeit und Selbst-Entblößung alles ans Licht bringen!«

Ich höre die entsetzten Aufschreie emanzipierter Frauen: Was soll das? Schließlich wurde es wohl höchste Zeit, den Männern endlich einmal zu sagen, was wir sind und wie wir sind und was wir wollen. Nietzsche sieht das – meiner Meinung nach – völlig anders. Nicht nur deshalb, weil er verkündet: »Das Weib hat so viel Grund zur Scham: Im Weib ist so viel Pedantisches, Oberflächliches, Schulmeisterliches, Klein-Anmaßendes, Kleinlich-Zügelloses und Unbescheidenes versteckt – man studiere nur seinen Verkehr mit Kindern! – das im Grunde bisher durch die *Furcht* vor dem Manne am besten zurückgedrängt und gebändigt wurde.«

Nietzsches eigentliche Aussage ist das aber nicht, und es ist deshalb nicht passend, dass sich jede feministische Diskussion über ihn ausgerechnet über diese eher beiläufigen Äußerungen empört. Nietzsche denkt zum Beispiel, dass Frauen einen großen Fehler machen, wenn sie versuchen, ihre Biologie, ihre Empfindungen und ihre Lust zu erklären. Laut Nietzsche nehmen sie sich damit das Geheimnisvolle, das doch seit Jahrhunderten den besonderen Reiz der Frauen ausmache. Denn:

»... Es wird schon jetzt mit medizinischer Deutlichkeit gedroht, was zuerst und zuletzt das Weib vom Manne *will.* Ist es nicht vom schlechtesten Geschmacke, wenn das Weib sich dergestalten anschickt, wissenschaftlich zu werden? ... Und man darf sich zuletzt, bei allem was Weiber über das Weib schreiben, ein gutes Misstrauen vorbehalten, ob das Weib über sich selbst eigentlich Aufklärung *will* – und: *wollen kann.* Was liegt dem Weib an der Wahrheit?« Das meint er nun nicht so, wie viele aufgebrachte Zungen es immer wieder behaupten, zumindest habe ich ihn nie so verstanden. Er meint damit nicht, dass die Wahrheit nun so eine unbedingt wichtige große Tugend sei, die nur dem männlichen Geschlecht vorbehalten bleibt. Vielmehr bezeichnet er die Lüge als Kunst, den Schein als Begabung, zu denen ein Mann nicht fähig sein kann, da sie seinem Charakter fremd sind:

»Des Weibes große Kunst ist die Lüge, seine höchste Angelegenheit ist der Schein und die Schönheit. Gestehen wir es, wir Männer: wir ehren und lieben gerade *diese* Kunst, gerade *diesen* Instinkt am Weibe: Wir, die wir es schwer haben und uns gern zu unserer Erleichterung zu Wesen gesellen, unter deren Händen, Blicken und zarten Torheiten uns unser Ernst, unsere Schwere und Tiefe beinahe wie eine Torheit erscheint.«

Im Übrigen bezweifelt Friedrich Nietzsche weniger die Fähigkeit der Frau, sich wissenschaftlich zu versuchen, als vielmehr ihre Fähigkeit, fair mit anderen Frauen umzugehen. Er empfindet die große Konkurrenz und Feindseligkeit, die unter den Frauen herrscht:

»Zuletzt stelle ich die Frage: Hat jemals ein Weib selber schon einem Weibskopf Tiefe, einem Weibsherzen Gerechtigkeit zugestanden? Und ist es nicht wahr, dass, im Großen gerechnet, ›das Weib‹ bisher vom Weib am meisten missachtet wurde – und ganz und gar nicht von uns?«

Selbst wenn bisher noch Zweifel an Nietzsches Einstellung dem weiblichen Geschlecht gegenüber bestanden und durch seine etwas schroffen Sätze meinetwegen sogar gerechtfertigt scheinen – was er im weiteren äußert, sind

Aussagen, die mir jedes Mal Schauer über den Rücken jagen. Da gibt es vor allem eine Stelle, in die ich mich geradezu verliebt habe, seit ich sie zum ersten Mal las:

»Die Frauen sind von den Männern bisher wie Vögel behandelt worden, die von irgendwelcher Höhe sich hinab zu ihnen verirrt haben: als etwas Feineres, Verletzlicheres, Wilderes, Wunderlicheres, Süßeres, Seelenvolleres – aber als Etwas, das man einsperren muss, damit es nicht davonfliegt.«

Ist es wirklich nur für eine masochistische Frau möglich, diese Worte in ihrer wahren Bedeutung zu erfassen? Die Achtung dem weiblichen Geschlecht gegenüber, die aus diesen Zeilen doch so deutlich spricht?

Oder sollte ich mich von Worten blenden lassen? Betrachtet Nietzsche die Frauen vielleicht als Tiere? Als Vögel, Raubkatzen, die man zwar gern ansieht, die aber weder denken noch sich weiterentwickeln können?

Ich weiß, dass diese Zweifel nahe liegen. Aber *ich* habe meinen Lieblingsphilosophen ganz anders verstanden.

Nietzsche hält es für gefährlich, den »abgründlichsten Antagonismus« und die Notwendigkeit einer ewigfeindlichen Spannung zwischen Mann und »Weib« zu leugnen, von gleichen Rechten, gleicher Erziehung, gleichen Ansprüchen und Verpflichtungen zu träumen. Denn:

»Ein Mann, der Tiefe hat, in seinem Geiste wie in seinen Begierden, auch jene Tiefe des Wohlwollens, *welche der Strenge und Härte* fähig ist und leicht mit ihnen verwechselt wird, kann über das Weib immer nur orientalisch denken: er *muss* das Weib als Besitz, als verschließbares Eigentum, als etwas zur Dienstbarkeit Vorbestimmtes und in ihr sich Vollendendes fassen.«

Eine Frau soll nach Nietzsches Überzeugungen also als das Eigentum des Mannes betrachtet werden. Ich weiß, das ist ein harter Brocken, und es gibt wohl kaum eine größere Provokation für eine Frau als diese Äußerung von ihm.

Zumindest gilt das für eine normal veranlagte Frau, die ihr Glück in der Harmonie einer gleichberechtigten, partnerschaftlichen Liebesbeziehung sucht. Aber in deren Denken kann ich mich ohnehin nicht richtig einfinden, und so kommt es wahrscheinlich, dass Nietzsches Worte für mich eine einzige Offenbarung sind. Ich könnte hinter jeden Satz ein dickes Ausrufezeichen setzen. Hinter folgenden zum Beispiel:

»Das schwache Geschlecht ist in keinem Zeitalter mit solcher Achtung von Seiten der Männer behandelt worden, als in unserem Zeitalter: Man will mehr, man lernt fordern: Das ›Weib‹ verliert an Scham. Setzen wir sofort hinzu, dass es auch an Geschmack verliert. Es verlernt den Mann zu *fürchten:* aber das Weib, das ›das Fürchten verlernt‹, gibt seine weiblichsten Instinkte preis ...«

Einmal abgesehen von Nietzsche: Was sind weibliche Instinkte? Scham, Demut, Passivität? Welche Instinkte sind denn nun wirklich solche, die im Wesen einer Frau begründet sind, welche sind solche, die ihr vom Mann aufgepresst wurden? Es gibt da interessante Theorien.

Natürlich liegt es erst mal nahe zu vermuten, dass jene Eigenschaften wie Passivität und Demut keineswegs Instinkte der Frau darstellen, sondern Eigenschaften sind, die ihr vom männlichen Geschlecht aufgezwungen wurden, um deren Vergnügen so bequem wie eben möglich zu machen.

Das ist aber nur die eine Theorie. Es gibt noch eine andere, und die besagt, dass die Eigenschaften, die heute von der Mehrzahl der Frauen als wahre Instinkte beansprucht werden – Eigenschaften wie Stärke, Kraft, die Fähigkeit, auf Wärme zu verzichten –, ganz und gar nicht als solche zu betrachten sind. Sie entspringen nämlich in Wahrheit dem männlichen Dogma. Die ganze Emanzipationsgeschichte mit all ihren scheinbaren Verbesserungen für die Frau ist in Wahrheit ein weiterer Beweis für den weiblichen Gehorsam gegenüber dem Mann. Die Männer haben – so die Theorie der betreffenden schwedischen Wissenschaftler und -innen – Entlastung gewollt. Entlastung von der Alleinversorgungspflicht für die Familie, Entlastung von der sexuellen Aktivität, Entlastung von der Herrschaft über die Welt. Und so, wie das weibliche Geschlecht jahrhundertelang den passiven Part ausgefüllt hat, weil es damals den Ansprüchen des Mannes gelegen kam, so bemüht sich die Frau heute eifrig, auch dem neuen Anspruch gerecht zu werden.

Nietzsche sah diese »Gefahr« schon etliche Jahre vorher: »Dass das Weib sich hervorwagt, wenn das Furcht-Einflößende am Manne nicht mehr besteht, ist billig genug, auch begreiflich genug; was sich schwerer begreift, ist ebendamit – das Weib entartet.«

Provokatives sagt Nietzsche auch zur Gleichberechtigung der Frau im wirtschaftlichen, sozialen und rechtlichen Sinne. Er versteht sie nicht als ein lohnenswertes Kampfesziel, sondern sieht in ihr nur einen weiteren Schritt des »Weibes« in eine Selbstverleugnung, die nur schaden kann – den Frauen, den Männern, ihrer Beziehung zueinander:

»Wo der industrielle Geist über den militärischen und aristokratischen Geist gesiegt hat, strebt jetzt das Weib nach der wirtschaftlichen und rechtlichen Selbstständigkeit ... Doch indem es sich dergestalt neuer Rechte bemächtigt, Herr zu werden trachtet und den Fortschritt des Weibes auf seine Fahnen und Fähnchen schreibt, vollzieht sich mit schrecklicher Deutlichkeit das Umgekehrte: *Das Weib geht zurück.*«

Mit »zurückgehen« scheint Nietzsche das zu meinen, was heute den Artikeln mancher Frauenzeitschriften abzulesen ist: Die Emanzipation hat einiges bewegt, Ungerechtigkeiten in mancher Weise aus dem Weg geräumt, doch der Preis, den die Frauen – und nicht die Männer – dafür bezahlen mussten und heute noch müssen, ist nicht gerade gering. Die eigentliche Schuld daran gibt Nietzsche den so genannten »Flachköpfen unter den Männern, den gelehrten Eseln männlichen Geschlechts, die dem Weibe anraten, sich dergestalt zu entweiblichen und alle Dummheiten nachzumachen, an denen der ›Mann‹ in Europa, die europäische ›Mannhaftigkeit‹ krankt«.

Ich gebe zu: Solche und ähnliche Äußerungen machen es einer Feministin leicht, zur Nietzsche-Kritikerin zu werden. Sollten für Nietzsche vielleicht Männer wertvoller sein als Frauen? Ist nur der Mann in der Lage, »Übermensch« zu sein, zu denken, in Freiheit zu leben? Muss die Frau eingesperrt werden wie der Vogel im Käfig?

Nietzsches Denken gefällt nicht jedem. Aber *mir* hat die Lektüre unendlich viel gebracht. Allein sein Denken über die grundsätzlichen Unterschiede zwischen Mann und Frau. Nietzsche hält die weibliche und die männliche Natur in ihrer ursprünglichen Form, in ihrer ursprünglichen Bestimmung für exzellent aufeinander abgestimmt, empfindet deren natürliche Anlage als höchstmöglichen wechselseitigen Reiz und ist sich sicher, dass eine Entwicklung der Frau im Sinne einer emanzipatorischen Anschauung diese natürliche Anziehung und damit das ganze Lebensgesetz zerstören wird. Was er kommen sah, war die »Verlangweilung des Weibes«.

Masochismus – der leise Triumph

Die Theorie der Simone de Beauvoir

Auch eine Frau fand ich, die sehr vieles von dem verstanden hatte, was meine Andersartigkeit ausmacht: Simone de Beauvoir.

Die Grande Dame der Emanzipation sieht, man höre und staune, gar keinen Widerspruch zwischen meinem Wunsch nach Unterwerfung und meinem emanzipatorischen Bewusstsein:

»Zunächst muss man bemerken, dass es noch längst kein Verhalten passiver Unterwerfung bedeutet, wenn man dem Schmerz erotische Bedeutung beimisst. Oft dient der Schmerz dazu, den Tonus des Individuums zu wecken, der durch die heftige Erregung und Lust selbst benommen ist. Der Schmerz bildet einen normalen Bestandteil der erotischen Ekstase.«

Doch sie begreift noch sehr viel mehr. Viel Wichtiges ist darunter, und ich bin einigermaßen überrascht. Und ich bin auch sehr froh darüber, dass gerade sie es ist, eine Leitfigur der Emanzipation, die in der Unterwerfung und im Schmerz auch Freiheit und Grenzenlosigkeit zu erkennen vermag:

»In der Erotik liegt ein Sich-Losreißen vom eigenen Ich, ein Überschwang, eine Ekstase. Auch das Leiden zerstört die Grenzen des Ich, es wird zu einem Überschreiten, einem Paroxysmus. Eine Liebkosung kann zu einer Marter werden, eine Qual zur Wonne.«

Wie wahr! Das Leiden, der Schmerz als Mittel der Auflösung eigener Grenzen und Muster. Aber diese Auflösung verlangt nach einem Menschen, der damit umzugehen weiß, sonst wird der Leidende, indem er seine Grenzen aufgibt und übertritt, unvermittelt in eine dunkle Haltlosigkeit stürzen. Er beziehungsweise sie muss aufgefangen werden – bewusst, liebevoll und sicher.

»Wenn aus irgendeinem Grund das Prestige des Liebhabers gelitten hat, muss er sich davor in Acht nehmen, dass seine Schläge und Anforderungen nicht Hass erregen. Sie wirken nur als Ausdruck der Göttlichkeit eines heiß Geliebten. In diesem Fall fühlt sie sich mit Begeisterung als Beute einer fremden Freiheit. Für einen Existierenden bedeutet es das überraschendste Abenteuer, im wechselnden und gebieterischen Willen des anderen aufzugehen.«

Tja, Herr Fromm, das hat Frau de Beauvoir wesentlich treffender formuliert als Sie!

Simone de Beauvoir macht diese These aber längst nicht nur für masochistische Frauen geltend. Sie sieht in der gewollten Unterwerfung einer freien Frau große Möglichkeiten zur Entfaltung und Bereicherung ihrer Sexualität und ihres Empfindungsreichtums:

»Man wird es leid, immer in derselben Haut zu stecken. Der blinde Gehorsam ist die einzige Möglichkeit einer radikalen Änderung, die ein Menschenwesen kennen lernen kann. Da wird die Frau zur Sklavin, zur Königin, zur Blume, zum Rehlein, zur Dienerin, zur Kurtisane, zur Muse, zur Mutter, zur Schwester, zum Kind, je nach den flüchtigen Träumen, den zwingenden Befehlen des Geliebten.«

Die Erniedrigung sichert der Frau jedoch nicht nur sexuelle Gelüste und die Entfaltung ihrer Persönlichkeit. Sie ist für Simone de Beauvoir auch Berechnung: Eine Frau, die sich erniedrigt, erhöht sich dadurch. Eine Frau, die passiv wird und sich unterwirft, bestimmt gleichzeitig die Handlung, weil sie durch ihre Passivität dem anderen die Aktivität aufzwingt:

»Durch ihren Fall in tiefste Erniedrigung sichert sich die Frau die herrlichsten Triumphe. Mag es sich um Gott oder um einen Mann handeln, sie lernt, dass sie allmächtig wird, wenn sie sich zur tiefsten Erniedrigung versteht. Sie gefällt sich in einem Masochismus, der ihr höchste Eroberungen verspricht.«

Und woher nimmt eine Frau das Wissen, dass ihr die tiefste Erniedrigung den höchsten Triumph verspricht? Nach Simone de Beauvoir lernen das die Frauen schon in frühester Kindheit. Gerade die Märchen machen es ihr deutlich:

»Die heilige Blandine, weiß und blutig zwischen Löwenklauen, Schneewittchen, das totengleich in einem Glassarge ruht, das schlafende Dornröschen, die ohnmächtige Atala, sie sind eine ganze Schar von zärtlichen Heldinnen, die gepeinigt, geduldig, verwundet, kniend, erniedrigt ihrer jungen Schwester das bestrickende Prestige der gemarterten, verlassenen ergebungsvollen Schönheit präsentiert ...«

Ist die Frau also tatsächlich taktisch klüger, wenn sie ihre eigene Erniedrigung einsetzt, um dadurch die Macht über den Mann und das Geschehen der Welt zu erhalten?

Ja, denn eine Frau, die sich selbst unterwirft, kann nicht mehr gedemütigt werden. Sie hat den absoluten Vorteil, sich in einer selbstgewählten Weise einem selbsterwählten Menschen unterworfen zu haben, und wird dadurch gleichsam unverletzlich.

Demütige eine stolze Sklavin – du wirst ein Lächeln ernten und dich beschämt davonschleichen!

Die Macht der Welt liegt in den Händen des Schwachen.

Masochismus – die kluge List der Emanzipierten?

Das süße Glück der Hingabe

Die Geschichte der Lin

Seit sie angefangen hatte, diese Zeitschriften zu kaufen, glitt ihr Blick über die ausgelegten neuen Nummern, und sie sah, obwohl sie sofort den Blick abwandte, dass auf vielen Titelseiten Bilder von Frauen in schwarzer Unterwäsche waren oder von nackten Frauen in Ketten und einem Mann, der über ihnen stand mit einer Peitsche.

Auch in den Filmen passierten diese Dinge. Nicht nur in denen, die im Emporium gezeigt wurden, dem Filmtheater, in das sie und ihre Freundinnen nicht gehen durften, weil draußen in den Schaukästen auch solche Bilder hingen. Sondern sogar in ganz normalen Filmen kam es vor, dass der Held die Heldin verprügelte, weil sie frech und patzig war, genau wie sie. Er stürmte durch eine Tür herein und legte sie übers Knie, und die Heldin schrie gellend auf, aber danach betete sie ihn an, folgte ihm mit den Augen und gehorchte ihm unterwürfig, und man merkte, sie würde ihn ewig und immer lieben. Man nannte das Eroberung und Hingabe, und das eine gebührte dem Mann und das andere der Frau, und jeder wusste das.

Solche Dinge schlichen sich immer mehr in ihre Fantasien, wenn sie im Bett lag und ihre Hände über ihren Körper strichen – es war wohl unvermeidlich.

Ihre ersten Versuche mit sich selbst waren ungeschickt, aber unglaublich erregend. Sie konnte gar nicht anders, als mutig weiterzumachen, entsetzt darüber, was sie ihrem Körper antun konnte, und doch unerschrocken weitertastend.

Und während sie sich suchend streichelte, zog es ihre Gedanken unaufhaltsam zu dem, von dem sie erst Jahre später wusste, dass man es masochistische Fantasien nannte.

Sie griff nach allem, was sich anbot – und da herrschte kein Mangel. Lektionen über die Behandlung der Frau im alten China, die Gesetzgebung in England vor dem zwanzigsten Jahrhundert oder die Bräuche in den mohammedanischen Ländern versorgten sie wochenlang mit Stoff für neue Fantasien, Shakespeares »Komödie der Irrungen und Wirrungen« und Theaterstücke von Griechen, Römern und Engländern boten Einblicke in Welten, wo solche Dinge erlaubt waren.

Außerdem gab es eine Menge Filme wie »Vom Winde verweht« oder Kriegsfilme oder Filme mit niederträchtigen Männern, zum Beispiel James Mason, die eine schöne Frau bedrohten.

Selbst weniger spektakuläre Szenen genügten, um die Fantasie in Gang zu setzen.

Sie wählte sich eine bestimmte Kultur, einen Ort, eine Zeit und malte sich alle übrigen Umstände aus. Im Mittelpunkt des Geschehens musste ein Machtkampf stehen. Als sie Jahre später mit Pornografie Bekanntschaft machte, fand sie diese Dinge langweilig und stumpfsinnig, verglichen mit ihren eigenen glanzvollen Fantasien und den dazugehörigen Szenerien, Kostümen und erbitterten Machtkämpfen.

Nachdem sie Hunderte von Stunden in Gedanken durch die Gänge männlicher Grausamkeit gegenüber Frauen gewandert war, wusste sie, dass ein wesentliches Element ihrer eigenen Erregung Erniedrigung war.

Die Frauengestalten ihrer Fantasien mochten edel, tapfer, draufgängerisch, zäh oder aber hilflos und passiv sein – eines hatten sie alle gemein: Sie stellten sich einem Machtkampf. Ihre Männergestalten hingegen waren anmaßend, überzeugt von der männlichen Überlegenheit und grausam, aber immer zutiefst fasziniert von der Frau; sie zu unterwerfen war für sie das Wichtigste und jeder Anstrengung wert. Da der Mann alle Macht hatte, konnte sie ihn nur herausfordern, indem sie Widerstand leistete.

Im Moment der Hingabe, im Augenblick des Orgasmus verwandeln sich alle Furcht und aller Hass, die die Frauengestalt empfunden hatte, in Liebe und Dankbarkeit, und die Frau wusste, dass der Mann ebenso empfinden musste.

In solchen Momenten löste sich alle Macht in Harmonie auf …

Sie hat schon begonnen, ihre Geschichte aufzuschreiben, sagt Lin.

Lin ist Halbasiatin. Das sieht man ihr auch an: kindliche Figur, glattes Gesicht, goldbrauner Teint, schwarz glänzendes Haar.

Lin ist fast vierzig, die meisten schätzen sie auf höchstens fünfundzwanzig. Das Glück, eine asiatische Mutter zu haben.

Im Kino habe ich Lin kennen gelernt. Genauer gesagt: Sie spielte mit in einem Sexfilm mit »O-Tönen«.

»Sklavin Kim« hieß sie in dem Streifen, der unglaublich schlecht war. Ich hätte ihn sicher auch längst vergessen, hätte ich durch ihn nicht die Bekanntschaft mit Lin gemacht.

Man muss sich solche Filme einmal angesehen haben, um meine Kritik an ihnen zu verstehen. Diese Filme sind allesamt fade und wirklich schlecht gemacht. Und für einen masochistischen Menschen als Stimulans auch denkbar ungeeignet. Wirklich fast zum Abgewöhnen!

Da laufen ein paar nackte Frauen in schwarzem Leder

und Ketten herum und ein paar nackte Männer, die ähnlich aufgemacht sind, aber statt der Ketten Peitschen in den Händen halten. Mit barschem Ton (der selten glaubhaft gelingt) werden die Sklavinnen dann von ihren »Herren«, die sie mit »Sir« anreden müssen – auch das ein Stereotyp – zu Liebesdiensten gezwungen.

Letzteres geschieht immer nach demselben Muster: Die Sklavinnen lutschen, lecken, streicheln – aber natürlich immer nicht gut genug, und deshalb werden sie gepeitscht. Und das geschieht nicht einmal richtig, sondern nur so zum Schein.

In den ganz miserablen Filmen kommen die schlagenden Geräusche vom Band. Handlung und Ton stimmen dann oft nicht überein – alles in allem ein eher komischer Effekt. Allzu oft zeigen auch die Bilder in peinlicher Deutlichkeit, wie wenig erregt die so genannten Herrscher trotz der eifrigen Bemühungen ihrer unterwürfigen Os sind. Häufig sieht man viel zu lange die Gesichter der so genannten Lustzofen in Großaufnahme – und selten zeigen sie einen anderen Ausdruck als den: Wann ist der Mist hier endlich zu Ende?

Wirklich, diesen Billigstreifen ist nichts abzugewinnen. In den etwas gehobeneren, sagen wir, den mittelschlechten Filmen dieser Art erkennt man zumindest noch das Bemühen um Einfühlung in masochistisches Empfinden. Freilich scheitert das Unterfangen selbst bei ernsthaftem Bemühen: Niemals zeigt sich echte Lust durch Schmerz, bei allen darstellerischen Qualitäten der Beteiligten nicht. Masochismus lässt sich halt nicht *spielen.*

In einem Film der Kategorie »mittelschlecht« spielte also Lin. Die Story war wie gesagt nicht besser und nicht schlechter als die vieler anderer Filme:

Ein Altherrensitz auf dem Lande. Ein Wagen fährt vor,

Türen werden geöffnet, eine ahnungslose, leicht verwirrte, sehr hübsche, sehr junge Frau steigt aus und wird zum Haus geführt. Ein Gutsherr in fortgeschrittenem Alter empfängt die schöne Ahnungslose. Er hat es sich zur Aufgabe gemacht, ungehorsame Mädchen und Frauen zu vollkommenen Sklavinnen zu erziehen. Ein paar männliche Gehilfen, ein paar abgerichtete Sklavinnen, Leder, Peitschen, Ketten – das war's: ein regelrechtes »O«-Plagiat.

Das war's doch nicht ganz – denn da war Lin beziehungsweise die Sklavin Kim. Und da war ihr Gesichtsausdruck. Dieses selige Lächeln, dieser Ausdruck vollendeter Hingabe in den Momenten, in denen sie gepeitscht wurde.

Und offensichtlich wurde sie *wirklich* gepeitscht. Denn die Striemen zeichneten sich deutlich auf ihrem sonst makellosen Körper ab. (Auch dies ein Zeichen der etwas gehobeneren Qualität des Filmes, denn in den billigeren Streifen bleiben sämtliche Körperteile der gezüchtigten Sklavinnen immer blütenweiß).

Lin also *spürte* die Peitschenhiebe. Und sie zeigte es. Man sah ihren Schmerz, den Augenblick des Staunens darüber, dann die Auflösung, die Hingabe – und ihr seliges Lächeln. Mir liefen Schauer den Rücken hinunter, allein dieses Lächelns wegen. Dieser Ausdruck! Sie wirkte so erhaben, so völlig losgelöst und doch gleichzeitig eins mit sich in diesen Momenten der Hingabe und des Schmerzes. Der Ausdruck ihres Gesichtes erinnerte mich an das selige Lächeln eines Säuglings nach der Sättigung durch die Mutterbrust. Hingabe, Wärme, Befriedigung, Seligkeit.

Ich habe keine Ahnung mehr, wie der Film endete, wie er überhaupt hieß. Doch ich war tief bewegt. Lins Gesichtsausdruck, ihr Blick, ihre Bewegungen gingen mir lange nicht mehr aus dem Sinn.

Der Zufall wollte es, dass ich Jahre später, als ich in einem Sklavenmagazin blätterte (man weiß ja nie ...), Lins Bild entdeckte. Ich erkannte sie sofort.

Das Bild gehörte zu einem Inserat. »Sklavin Lin« stand in fetten Buchstaben darüber. Dann folgte ein kurzer Text:

»Mein Herr wünscht, dass ich auch anderen Herren zu Willen bin. Also wünsche ich es auch. Ich erwarte Sie demütig ...«

Ich rief sie an.

Ich erzählte ihr, wer ich bin, was ich mache und dass ich gern mit ihr sprechen würde.

Sie lachte, als ich ihr von dem Film erzählte. Sie war sehr freundlich am Telefon. Aber wegen des Gespräches, das ich mit ihr führen wolle, müsse sie erst ihren Herrn um Erlaubnis bitten.

Ich wartete. Tag um Tag. Kommt ein Anruf, eine Einladung?

Nichts.

Nach zwei Wochen erhielt ich ein Schreiben von »Sir Stephen« und »Sklavin Lin«. Um über meinen Wunsch nach einem persönlichen Gespräch mit Sklavin Lin entscheiden zu können, so hieß es dort, würde »Sir Stephen« nähere Angaben zu meiner Person und zu meinen Absichten benötigen. Beigelegt war ein Fragebogen.

Dieser Fragebogen hätte jedem Einstellungstest Ehre gemacht. Und: Bewerben musste ich mich auch, handschriftlich und bei ihm, Sir Stephen, persönlich. Er werde dann »eine baldige Entscheidung in dieser Angelegenheit in Betracht ziehen«. Passfoto nicht vergessen ...

Ich kam gehorsam allen Bestimmungen nach, schrieb in unterwürfigem Ton und legte mein bestes Foto bei.

Dann: warten. Eine Woche, zwei, drei, vier Wochen ...

Ich wurde ungeduldig: Das gibt's ja nicht, der lässt mich

tatsächlich nicht mit ihr sprechen! Ich überlegte, ob ich mal anrufen sollte, sah aber ein, dass Lin dann hätte büßen müssen – also lieber nicht!

Nach fünf Wochen gab ich's auf. Schade, es hätte mich so interessiert, wer sie ist, wie sie lebt, wie sie liebt …

Nach sieben Wochen endlich lag eine Antwort im Postkasten. Der Umschlag wie beim ersten Mal ohne Absender. Ein paar Sätze auf einer Karte. Wichtigstes Wort: »genehmigt«. Ein Termin war festgelegt, Datum, Uhrzeit. Das Gespräch müsse bei ihnen im Studio stattfinden. Ich müsse allein kommen, dürfe weder Tonband noch Fotoapparat, weder Stift noch Papier mitbringen. Und: Das Gespräch dürfe nicht länger als zwei Stunden dauern.

Am festgelegten Tag, nachmittags, sitze ich ihr also gegenüber. Ohne Tonband, ohne Schreibzeug, dafür mit äußerst aufnahmebereiten Gehirnzellen, die alle Hilfsmittel ersetzen müssen. Gespannt und aufgeregt bin ich, immer einen Blick auf die Uhr gerichtet, deren Zeiger sich bedrohlich schnell bewegen.

Zwei Stunden haben wir für ein Leben. Zwei Stunden für vierzig Jahre. Viel zu wenig Zeit.

Lin hat sich schon gedacht, dass die Zeit zu kurz würde. Deshalb hat sie auch angefangen, ihre Geschichte aufzuschreiben. Weit ist sie nicht gekommen. Denn eigentlich darf sie das ja nicht und konnte nur heimlich schreiben. Aber immerhin …

Ihm begegne ich zunächst nicht. Eine Hausangestellte oder so was hat mir die Tür geöffnet und mich nach oben in das Studio geführt. Nach einiger Zeit ist durch eine andere Tür Lin hereingekommen.

Das Studio, in dem wir uns befinden, ist riesig, ein Saal. Bestimmt hundert Quadratmeter. Und der Raum wirkt noch viel größer durch die Spiegel, die an allen Wänden und auch an der Decke angebracht sind. Überhaupt ist das Haus eine Wucht. Jedenfalls von innen. Von außen wirkt es wie ein x-beliebiges Zweifamilienhaus: durchschnittlich, normal.

Lin strahlt mich an. Ein Ausdruck von Glück, Lebensfreude, völliger Zufriedenheit liegt in ihrem Gesicht, in ihren Gesten.

»Du siehst total glücklich aus, Lin. Das wirkt auf mich irgendwie seltsam – hier, in dieser Umgebung, vor diesem Hintergrund.«

Der Spiegelsaal, in dem wir sitzen, ist als Sklavenkabinett eingerichtet. Von der Decke baumeln Hängevorrichtungen verschiedener Art, Eisenringe, Kettenläufe, Halsbänder. In der Mitte des Saals steht ein quadratisches Eisenbett, die Stäbe am Kopf- und Fußteil sind ebenfalls mit Ketten und Ringen versehen. An der Wand sehe ich Kreuze, Böcke, einen winzigen Käfig, daneben Utensilien in unvorstellbarer Zahl. In einer Ecke stehen ein Videogerät, ein großer Bildschirm, eine Kamera, verschiedene Lampen.

Mir fallen mehrere Türen auf. Eine führt in eine kleine Kammer. »Eine Gummi-Nasszelle«, erklärt mir Lin, »manche Herren mögen das.«

Eine andere Tür führt ins Ankleidezimmer: Gummi, Leder, Seide in hundertfachen Variationen, Maßen und Farben. »Damit fängt es an«, sagt sie. »Die Herren bestimmen die Kleidung, die ich für sie tragen muss während ihres Aufenthaltes.«

Im Moment trägt sie weiße Seide. Wenig genug, um ihre körperlichen Reize erkennen und ihre honigfarbene Haut schimmern zu lassen. »Das hat Sir Stephen ausgesucht«, sagt sie. »Sir Stephen, das ist mein Herr, das ist der Mann, dem ich gehöre.«

Noch eine Tür. Das ist die, durch die sie gekommen ist, zu Beginn meines Besuches. Dahinter verbirgt sich ihre

Kammer. Ich erschrecke: Sie misst höchstens sieben Quadratmeter. Kahle Wände, eine Matratze auf dem Boden, eine Decke – sonst nichts. Kein Fenster.

Lin bemerkt mein Entsetzen. »Mehr brauche ich doch nicht«, sagt sie mit sicherer Stimme, »und mehr darf ich noch nicht haben.«

Ein Blick auf die Uhr lässt mich zusammenfahren: Zwanzig Minuten sind bereits vergangen. »Erzähl mir dein Leben, Lin, ganz ausführlich. Erzähle mir wirklich alles, ganz schnell, ja?«

»Alles?«

»Ja, alles. Von Anfang an. Deine Kindheit, deine Anfänge, die ersten Erfahrungen, alles, alles …«

Lin strahlt, als sie zu erzählen beginnt.

»Meine Kindheit war nicht besonders. Ich nehme an, es war eine ganz normale Kindheit. Was mir in Erinnerung geblieben ist, das ist die Beziehung meiner Eltern zueinander. Sie wirkten immer sehr verliebt, auch noch nach vielen Ehejahren. Meine Mutter war sehr schön, finde ich, und mein Vater verwöhnte sie regelrecht. Sie war eine typische Asiatin: immer freundlich, immer geduldig und immer bemüht, meinen Vater glücklich zu machen. Sie waren auch beide sehr lieb zu mir.«

»Du bist also nicht streng erzogen worden? Die körperliche Züchtigung eines Kindes war zu deiner Zeit ja noch an der Tagesordnung.«

»Ja, das stimmt. Aber ich selbst wurde nie geschlagen. Das hätte auch gar nicht zu der Atmosphäre gepasst, die in meinem Elternhaus herrschte. Wenn ich etwas falsch gemacht hatte oder ungehorsam war, dann waren sie traurig darüber, nicht etwa wütend. Sie erklärten mir, was ich falsch gemacht hatte. Aber sehr oft passierte das gar nicht, weil es kaum etwas gab, das mir nicht erlaubt war.«

»Im Kindesalter hattest du also keine masochistischen Fantasien oder so was? Du hast dir nicht gewünscht, geschlagen zu werden, oder dich gar selbst geschlagen, so wie ich?«

Lin lacht. »Nein. Ich war ein sehr zartes Geschöpf, wehleidig bis zum Gehtnichtmehr. In meinen Kinderfantasien kamen keinerlei Grausamkeiten vor. Wenn in einem Film oder in einem Buch jemand geschlagen wurde, habe ich sofort entsetzt umgeblättert oder weggesehen.«

»Deine ersten masochistischen Gedanken hattest du also wohl erst, als du in die Pubertät gekommen bist. Weißt du noch, wie du darauf gekommen bist? Gab es ein prägnantes Erlebnis?«

Lin rauft sich die Haare. »Hui, das ist schon *so* lange her. Wie das kam, das weiß ich nicht mehr ganz genau. Jedenfalls spielte bei meinen ersten erotischen Gefühlen Unterwerfung immer eine wichtige Rolle. Ich meine, als ich anfing, mich selbst zu befriedigen, so mit vierzehn vielleicht, da fing es plötzlich an. Es erregte mich am stärksten, wenn ich mir Szenen vorstellte, in denen ich am Schluss unterlegen war, geschlagen wurde oder auch gefoltert. Dann war auch mein sexueller Höhepunkt am intensivsten.«

»Und dein erstes heterosexuelles Erlebnis?«

»Lass mich nachdenken. Ach ja, das war ein Mitschüler. Wir waren beide sechzehn. Und ich war die treibende Kraft.«

»Du hast ihn verführt?«

»Ja, und ziemlich gekonnt anscheinend. Ich lud ihn zu einer Party ein, die gar keine war und auch nie eine werden sollte. Ich hatte nämlich nur ihn eingeladen an einem Wochenende, als ich eine sturmfreie Bude hatte.«

»Warum gerade er?«

»Er war der Größte und der Stärkste der Klasse.«

»Und wie war es?«

»Komisch. Wirklich sehr komisch. Er war so groß und kräftig und ich so klein dagegen. Und doch musste ich die Initiative ergreifen. Ich musste ihm alles zeigen, dabei wusste ich ja selbst nur das, was ich aus Büchern und Filmen gelernt hatte. Also, ich musste ihm zeigen, wie man küsst und wo er mich streicheln sollte. Ich habe ihn richtig überrannt. Ja, und irgendwann haben wir dann zusammen geschlafen. Er legte sich auf mich – und fertig.«

»Du hast also nicht versucht, deine devoten Fantasien bei ihm auszuleben?«

»Nein, das wäre nichts geworden. Stell dir vor, ich musste ihm zeigen, wie er mich küssen und streicheln sollte, und er war ja schon davon ganz überrascht. Wie hätte der arme Junge reagiert, wenn ich ihm eine Peitsche in die Hand gedrückt hätte?«

»Wann bist du denn zum ersten Mal zur Sklavin gemacht worden?«

»Zur Sklavin gemacht wurde ich erst später. Ich wusste damals ja noch gar nicht, dass ich eine Sklavin sein will. Aber es gab ein erstes Erlebnis, eine sexuelle Begegnung, bei der ich dominiert wurde, und das gefiel mir sehr, sehr gut.«

»Wie alt warst du da?«

»So siebzehn etwa. Ich war immer noch auf der Schule. Manche Nachmittage verbrachte ich schon in der Universität, bei Vorlesungen, freiwillig. Du musst wissen, ich war eine schreckliche Streberin. In der Mensa lernte ich dann einen jungen Mann kennen, der war schon über dreißig. Die ersten Nachmittage stritten wir uns nur. Ich wollte alles besser wissen, und er wusste alles besser. Eines Tages ging ich mit auf sein Zimmer, und da ist es dann passiert. Auf einer Matratze, das war ganz schön unbequem. Wir stritten uns noch immer. Und als er mich berühren wollte, stieß ich ihn weg. Das geschah einige Male – bis er mich ganz plötzlich packte und auf die Matratze warf.«

»Hat er dich vergewaltigt?«

»Die meisten Frauen würden das sicher so nennen. Ich aber nicht. Denn ich hatte es ja gewollt, ich hatte es regelrecht provoziert. Es war keine Vergewaltigung, aber ein zärtlicher Liebesakt war es sicher auch nicht. Er hielt mich fest und kündigte mir an, was er nun alles mit mir tun wolle. Das hat mir gefallen. Vor allem erregte es mich sehr, dass er sagte, mit jedem Widerstand würde ich mir nur eine noch härtere Behandlung einhandeln. Er war aber trotzdem irgendwie lieb zu mir gewesen. Es war alles nicht so ganz ernst.«

»Aber in dieser Form hat dir Unterwerfung nicht gereicht – später jedenfalls. Warum? Was fehlte dir? Und wann wurde es ganz ernst?«

»Das weißt du nicht?«, fragt mich Lin ungläubig. »Du hast mich doch in dem Film gesehen!«

»Du meinst, mit dem Film fing alles erst richtig an bei dir?«

»Ja, sicher. Da war ich gerade achtzehn Jahre alt geworden, hatte zu studieren begonnen und war natürlich arm wie eine Kirchenmaus. Da las ich eine Anzeige in einer Zeitung, in der eine Filmagentur ›weibliche Darstellerinnen für einen Erotikfilm der Sonderklasse bei bester Bezahlung‹ suchte. Ich habe nicht sehr lange gezögert und mich schließlich dort vorgestellt. Der Regisseur war sehr angetan von meinem Körper und hat mir kurz den Inhalt des Filmes erzählt. Besonders zugesagt hat mir das gar nicht. Ich wusste auch nicht genau, was da auf mich zukommen würde. Ich wusste nur, dass ich eine Sklavin darstellen und zweitausend Mark bekommen sollte. Das war für mich ungeheuer viel Geld zu dieser Zeit, und so sagte ich zu.«

»Und wie hat dir die Sklavenrolle gefallen? Offenbar sehr, sehr gut, nicht wahr? Ich habe deinen Gesichtsausdruck noch deutlich vor Augen.«

»Dass dir überhaupt mein Gesicht aufgefallen ist! Ich dachte, da schauen alle nur auf einen bestimmten Körperteil.« Lin lacht. »Ja, es hat mir gut gefallen. Bei den Proben passierte zunächst noch gar nichts. Aber als wir dann drehten, hat einer der Männer, die mich im Film unterwerfen sollten, plötzlich Ernst gemacht, und der Regisseur ließ es so laufen. Da war keine einzige Szene mehr gestellt. Jeder Schlag saß – hat man das gesehen?«

»Allerdings, du hattest ja richtige Striemen.«

»Es tat auch ziemlich weh. Ich hatte völlig vergessen, dass wir einen Film drehten. Ich habe einfach gefühlt. Die Schmerzen, die sie mir mit der Peitsche zufügten, mit den Ketten, an denen sie mich durch die Räume zerrten ... Der Regisseur war begeistert von uns. Und zu mir sagte er: ›Du bist die erste richtige Sklavin, die ich vor der Kamera hatte. Bleib bei mir, Mädchen, und wir machen das große Geld. So was wie du hat Seltenheitswert.‹ Ich bat mir Bedenkzeit aus. Aber vor allem dachte ich darüber nach, dass er gesagt hatte, ich sei eine richtige Sklavin. Ich habe am Abend vor dem Spiegel gesessen und mir immer wieder gesagt: Lin, du bist eine richtige Sklavin!«

»Wie hast du dich dabei gefühlt? Hast du dich geschämt? Warst du schockiert?«

»Nein, ich war ausgesprochen glücklich. Ich fühlte, dass alles richtig so war. Mir war klar, dass es nicht normal war, eine Sklavin zu sein, dass ich in den Augen anderer wohl pervers war. Doch wenn du meine Gefühle so intensiv mitempfunden hast, wirst du mich vielleicht verstehen, wenn ich sage, dass es für mich einfach alles richtig war. Ich fühlte mich gut und wohl dabei. Ich war glücklich, keineswegs entsetzt oder beschämt.«

»Hast du mit jemandem darüber geredet, zu dieser Zeit?«

»Ja, ich sagte es meinen Eltern. Ich sagte ihnen auch, dass

ich in einem Film mitgespielt hatte und noch weitere drehen wolle. Ich wollte nicht, dass sie vielleicht von anderen Leuten davon erfuhren. Außerdem wollte ich mich nicht verstecken. Ich hatte nicht das Gefühl, etwas Schlechtes oder Schmutziges zu tun, das ich verbergen oder für das ich mich schämen müsste.«

»Und wie haben deine Eltern reagiert?«

»Sie waren schockiert und traurig. Ich hatte nicht damit gerechnet, dass es sie so sehr treffen würde. Und richtig verstanden habe ich es auch nicht. Sie hatten immer gesagt, sie wollten mein Glück. Und nun hatte ich es gefunden, und sie verhielten sich so, als hätte ich ihnen den Untergang der Welt mitgeteilt. Es wäre ihnen lieber gewesen, wenn ich lesbisch gewesen wäre oder eine Sadistin, vielleicht. Aber dass ich mich peitschen ließ und das auch noch öffentlich, das war sehr schlimm für sie. Mich hat das selbstverständlich auch mitgenommen, dass sie so traurig waren über mich. Aber unsicher bin ich dadurch nicht geworden, weder in meiner Entscheidung noch in meinen Gefühlen.«

»Du hast dann also noch weitere Filme gedreht? Wie viele denn?«

»Danach noch vier. Die ersten zwei mit denselben Darstellern. Aber jetzt musste ich einer Domina als Zofe dienen, und das hat mir nicht gefallen. Ich wollte nur Sklavin eines Herren, also eines Mannes sein. Man hat mir meine Unzufriedenheit angemerkt. Die Filme waren sehr schlecht, alle beide. Ich kündigte dann den Filmvertrag und habe wieder sporadisch die Universität besucht, um mein Studiengeld weiterhin zu bekommen.«

»Gab es in dieser Phase auch Beziehungen zu Männern?«

»Ja, mit Männern ging es zu dieser Zeit richtig los bei mir. Ich meine, dass ich seit dieser Zeit sadomasochistische

Beziehungen habe. Der erste Mann war Jo, der eine Herr aus dem ersten Film. Er war es gewesen, der beim Drehen die Führung übernommen und mich richtig gepeitscht hatte. Er konnte sich auch privat eine Partnerin nur als Sklavin vorstellen. Und so kamen wir zusammen. Das fing schon beim ersten Film an.«

»Wie lange hielt eure Beziehung? Habt ihr denn richtig zusammengelebt?«

»Aber ja! Eine Beziehung wie diese kann man nicht führen, wenn man in zwei getrennten Wohnungen lebt. Ich bin in seine Wohnung gezogen und seine Sklavin geworden. Das war eine sehr gute Zeit, für uns beide. Jo war mein Lehrmeister, so muss ich es wohl bezeichnen. Er hat mir alles beigebracht. All die Dinge, die eine gute Sklavin wissen sollte, zum Beispiel auf welche Art sie ihrem Herrn die größte Lust verschafft, in welcher Position sie sich für ihn am aufregendsten präsentiert, wie sie sich zu bewegen hat und vieles mehr. Wir sind beide sehr glücklich gewesen damals ...«

»Aber ihr habt euch getrennt. Warum?«

»Wir haben uns nach einem Jahr getrennt. Der Grund war, dass ich ihn nicht liebte. Ich habe ihn sehr geachtet, und ich bin ihm heute für seine Ausbildung dankbar. Aber lieben konnte ich ihn nicht, das war weder seine noch meine Schuld, es war eben so.«

»Hat das denn für dich eine große Bedeutung, als Sklavin deinen Herrn zu lieben?«

»Das ist das Wichtigste! Jedenfalls für mich. Sicher ist die Liebe für eine Sklavin, die allein den Schmerz zum Glück und zur Befriedigung braucht, nicht wesentlich – sie wird mit jedem Herrn oder auch mit einer Domina glücklich sein können. Aber Sklavin ist ja nicht gleich Sklavin. Ich will nicht nur den Schmerz genießen, ich möchte mich bedingungslos unterwerfen, und das kann ich nur, wenn diesen Mann auch liebe. Nur wenn ich ihn liebe, ist alles, was er mit mir tut, auch gut und richtig, selbst wenn er meine Grenzen überschreitet.«

»Es gibt für dich Grenzen, Tabus?«

»Ja, die gibt es für mich. Das ist nicht gut für mich, nicht richtig für eine Sklavin. Deshalb muss man sie abbauen. Langsam. Und das kann ich nur mit der Hilfe eines Mannes, der mich zu führen weiß und den ich liebe und dem ich deshalb auch vertraue. Mit Gewalt allein ist keine Grenze aufzulösen. Sicher, man kann sie gewaltsam einreißen, zertrümmern – aber damit geht alles kaputt.«

Unwillkürlich muss ich an Simone de Beauvoir denken, die Weitsichtige, die so richtig erkannte, dass es die größte Gefahr bedeutet, wenn der Herrschende als Liebhaber oder Herr an Achtung verliert. Jetzt weiß ich auch, warum meine Beziehung mit Mario so unbefriedigend war.

Doch nur keine Zeit verlieren: Die erste Stunde unseres Gesprächs ist längst vorbei. Ich frage Lin: »Und wie war die Trennung von Jo? Geht das denn so einfach, dass eine Sklavin sich von ihrem Herrn trennt, wenn sie es will?«

»Solange sie ihm nicht gehört, geht das. Trotzdem ist die Trennung nicht so einfach und selbstverständlich wie bei normalen Liebespaaren. Jo hat mir auch nicht geglaubt, als ich ihm sagte, dass ich gehen möchte. Er hat mich sehr hart gezüchtigt, um mich von meinem Entschluss abzubringen, aber ich ließ mich nicht umstimmen. Er hat danach eine Zeit von drei Monaten festgesetzt, eine Kündigungsfrist sozusagen. Das bedeutete, dass ich noch ein Vierteljahr seine Sklavin bleiben musste.«

»Ist so eine Frist üblich?«

»Nein, das ist nur bei Jo so gewesen. Das ist immer genau so, wie es der Herr eben bestimmt.«

»Und wie war das letzte Vierteljahr für dich? Sehr hart?«

»Es hat kein Vierteljahr mehr gedauert. Es war nach einem Monat vorbei. Dann hat mich Sir Stephen gekauft.«

Ich begreife gar nichts mehr. »Gekauft?«

Lin bekommt augenblicklich glänzende Augen. »Ja, ich hatte so viel Glück. Sir Stephen, mein Herr, hatte einen meiner Filme gesehen. Einen von den miserablen mit der Domina. Trotzdem hatte ich ihm da sehr gefallen. Er ging zu der Filmagentur und gab keine Ruhe, bis er meine Adresse hatte. Diese Adresse stimmte nicht mehr, aber er scheute keine Mühen, bis er mich bei Jo gefunden hatte. Eines Abends läutete es, und als ich öffnete, stand er vor mir: ein sehr großer, dunkelhaariger Mann. Er hat mich einfach nur angesehen, sehr lange. Jo kam dazu, doch Sir Stephen hat ihn gar nicht richtig beachtet. ›Dreh dich mal um‹, sagte er zu mir, und so drehte ich mich um. Nachdem er mich auch von hinten sehr lange betrachtet hatte, musste ich ihm wieder das Gesicht zuwenden. Er nahm meinen Kopf in seine Hände und zwang mich, zu ihm aufzusehen. Er hatte wunderschöne Augen, sein Blick war sehr hart und doch zugleich sehr lieb. Ich habe Jo vergessen, als ich in diese Augen sah. Ich habe mich selbst vergessen. Ich habe einfach nur in diese Augen gesehen.«

»Und dann?«, dränge ich.

»Sir Stephen hat mich Jo abgekauft. Für dreißigtausend Mark. Das war vor neunzehn Jahren. Dafür musste ich einen Vertrag unterzeichnen, der mich bis zum Lebensende zu seiner Leibeigenen gemacht hat.«

»Und diesen Vertrag hast du gleich am ersten Abend unterschrieben?«, frage ich erschrocken.

»Es war keine halbe Stunde vergangen, ja. Er nahm mich sofort mit. So wie ich war, ich musste alles zurücklassen. Von Jo durfte ich mich nicht verabschieden.«

Es bleiben uns nur noch zwanzig Minuten. Ich werde unruhig, weil ich noch so viel erfahren möchte von Lin.

Sie hat sich auf dem Eisenbett ausgestreckt. Ihr Gesicht leuchtet vor Glück. Irgendwie kommt sie mir in diesem Moment wie eine Heilige vor, wie etwas unendlich Kostbares. Auf beeindruckende Weise strahlt sie die Erfüllung aus, die sie genießen darf. Stolz, Demut und diese ungeheure Liebe leuchten aus ihren Augen, als sie weitererzählt: »Als wir hier ankamen, war es Nacht. Er hat mich in einen Raum gebracht und mich angesehen. Wieder ganz lange. Und was dann kam, war das Schönste, das ich je erlebt habe. Er zog mich an sich, nahm mich in seinen Arm und küsste dann mein Gesicht, sehr oft und sehr sanft. Er sagte: ›Meine einzige Sklavin. Ich werde dir sehr wehtun, und ich werde sehr hart zu dir sein. Ich werde dich erst wieder küssen und in meine Arme nehmen, wenn du so geworden bist, wie ich es wünsche. Wenn du mir deine Demut und deinen Gehorsam genügend bewiesen hast. Erst dann. Aber vergiss nicht, dass alle Schmach, die ich dir zufügen werde, einzig und allein das Ziel hat, dich bald dahin zu bringen. Und noch eines sollst du wissen, ich sage es dir nur dieses eine Mal: Ich liebe dich!‹« Lins Stimme zittert.

Ich selbst bin wie benommen. Ganz ergriffen. Ich schaue nicht mehr zur Uhr. Ich höre ihr nur zu und wünsche, sie würde nie mehr aufhören zu erzählen.

»Als er das gesagt hatte, schlug er mir ins Gesicht. Ganz oft und sehr hart. Ich taumelte. Er zog mich in den Keller und sperrte mich in einen dunklen Raum, der völlig leer war. Ich weiß nicht, wie lange ich dort eingesperrt war. Ich wusste nicht, wann ein Tag zu Ende war, wann ein neuer begann. Ich glaube, ich war sehr lange dort unten. Ich hatte Hunger und Durst, und ich fror ein bisschen. Ich saß auf dem kalten Boden, lehnte gegen die kalte Wand – und war glücklich. So sehr liebte ich ihn. Ich dachte: Wenn er mich jetzt hier sterben lässt, ist es ein Geschenk. Aber er kam, während ich schlief, und brachte mich nach oben, hierher.«

Sie lächelt. »Ich habe vorhin gesagt, dass ich durch Jo zur Sklavin geworden bin. Das stimmt. Aber erst hier, durch Sir Stephen, bin ich zur Frau geworden. Erst hier und bei ihm habe ich mich wirklich hingegeben. Jedes Stück meines Körpers, jeden Gedanken, alles habe ich ihm gegeben. Ich besitze nichts mehr von mir, alles, was ich habe, gehört ihm.«

»Hast du es denn geschafft? Ich meine, bist du dahin gekommen, so zu sein, wie er dich haben wollte? Hat er dich wieder einmal in den Arm genommen?«

Lin blickt mich lange schweigend an. »Ja, ich habe es geschafft. Ich bin so geworden, wie er mich haben wollte, und er hat mich wieder in den Arm genommen. Das war vor einem Jahr. Ich habe achtzehn Jahre dazu gebraucht.«

Ein Frösteln durchläuft meinen ganzen Körper. Mir ist ganz seltsam zumute. Ich habe das Gefühl, in diesem Moment etwas für mich unermesslich Wichtiges von Lin erfahren zu haben.

»Es hat eine sehr lange Zeit gedauert, bis ich so war, wie er es bestimmt hatte. Manchmal war ich schon kurz davor gewesen – und dann habe ich doch wieder Fehler begangen, war nicht demütig, war nicht unterwürfig genug. Es ist schwerer, als man glaubt, sich selbst und seine Wünsche ganz und gar aufzugeben, selbst wenn man den absoluten Willen dazu hat. Besonders schwierig wurde es dadurch, dass Sir Stephen verlangt hatte, dass ich nie das Gefühl haben dürfe, ein Opfer zu bringen. Er will, dass ich begreife, welch eine hohe Gunst es ist, dass ich mein Leben in seine Hände geben darf. Ich liebe ihn sehr dafür, dass er das so sieht und mit aller Unnachgiebigkeit von mir verlangt, es ebenfalls einzusehen.«

»Wie lebst du heute? Deine Anzeige in dem Magazin ...«

»Ich lebe hier als Leibeigene von Sir Stephen, und ich mache, was er bestimmt. Ich bin seine allzeit verfügbare

Sklavin, Tag und Nacht seinem Willen unterworfen. Ich mache nichts anderes. Das Haus versorgen ein paar Frauen. Sir Stephen geht auch mit mir aus, oder er verreist mit mir für einige Tage. In der Öffentlichkeit schlägt er mich nicht, aber er züchtigt mich später, wenn ich ungehorsam war, zum Beispiel, wenn ich spreche, obwohl er es nicht ausdrücklich gestattet hat, oder andere Fehler begehe.«

Sie blickt versonnen im Raum umher. Dann erinnert sie sich an meine Bemerkung wegen des Inserats. »Ach ja, die Anzeige. Ich sagte dir, ich habe es geschafft, so zu werden, dass er mich wieder in seinen Arm genommen hat nach achtzehn Jahren. Aber das war nur die erste Stufe, die ich erreichen konnte. Es gibt noch viele Stufen, und ich möchte und muss sie alle erreichen, denn jede bringt mich ein Stück näher zu ihm. Die nächste Stufe zu erreichen, das würde bedeuten, dass ich an einigen ausgesuchten Tagen in seinem Bett schlafen darf und noch einige andere Vergünstigungen erhalte. Zum Beispiel soll ich ein eigenes richtiges Zimmer erhalten, und ich soll Ausgang erhalten, auch ohne ihn. Aber dafür muss ich noch viel Gehorsam und Demut beweisen. Ich habe bisher nur *ihm* gedient. Seit einiger Zeit muss ich nun auch anderen Herren zu Diensten sein – deshalb also die Anzeige. Ich habe ihnen genauso zu gehorchen wie Sir Stephen selbst. Er kontrolliert, ob ich gehorsam war, fragt die Herren, ob sie zufrieden mit mir waren, und registriert alle Fehler, die ich begehe.«

»Fällt dir das denn leicht, anderen Männern zu dienen? Du sagst doch, du liebst Sir Stephen ...«

»Gerade deshalb fällt es mir nicht so schwer, wie du vielleicht denkst. Aber es ist ein großer Schritt für mich gewesen. Anderen Männern als Sklavin zu Willen zu sein hat mir viel wahre Demut und Selbstaufgabe abverlangt. Doch es hat mich auch sehr frei gemacht. Ich darf es ja nicht als Pflicht oder Opfer betrachten, sondern es ist eine freiwillige Hingabe, aus Demut zu Sir Stephen. Und deshalb muss ich es auch gut machen. Und gut machen kann ich es nur, wenn ich mich wirklich vorbehaltlos als Sklavin benutzen lasse.«

»Hat Sir Stephen noch andere Frauen, andere Sklavinnen neben dir?«

»Ich weiß nicht. Er nennt mich seine einzige Sklavin. Manchmal jedenfalls. Andere Frauen? Es steht mir nicht zu, danach zu fragen. Doch es ist auch nicht wichtig für mich. Es berührt nicht das, was zwischen uns ist.«

Die Tür öffnet sich. Sir Stephen steht da. Ich merke, dass ich weiche Knie bekomme. Er sagt kein einziges Wort. Lin steht sofort auf, mit strahlenden Augen, dem seligen Gesichtsausdruck.

»Ich muss mich verabschieden«, sagt sie mit dem stolzesten und demütigsten Blick, den ich je gesehen habe, und geht zur Tür, die zu ihrer kargen Kammer führt.

Mir ist schwer ums Herz. Ich möchte so gern noch mehr von ihr hören, möchte in ihrer Nähe sein.

Sir Stephen sieht mir in die Augen, als ich an ihm vorbei zur Treppe gehe. Dieser Blick! Ich verstehe Lin. Ich begreife jedes ihrer Worte.

Unten vor der Haustür sage ich leise: »Danke, Lin, vielen Dank für das Gespräch ...«

Lin wird wohl nie erfahren, wie dankbar ich ihr wirklich bin. Sie wird wohl nie wissen, wie sehr sie mir durch ihre Geschichte geholfen hat, meinen eigenen Weg zu finden.

Ich fühle mich unendlich bereichert nach diesem Gespräch. Für mich ist plötzlich alles deutlich und klar nach diesen zwei Stunden mit Lin ...

Mut zur Demut

Von der Lust, eine Masochistin zu sein

Da bemerkte ich einen schwarz gekleideten Mann, der mich betrachtete. Ich studierte sein vollkommenes, ebenmäßiges Gesicht, das trotz oder vielleicht gerade wegen seines kahlen Schädels schön war.

Plötzlich sah ich in diesem schönen Gesicht anstelle der Augen zwei schwarze Diamanten funkeln. Diese pechschwarzen Kristalle ohne Pupillen, die die Tiefe der Augenhöhlen ausfüllten, strahlten mit solchem Glanz, dass man sie nicht betrachten konnte, ohne einen Schmerz zu spüren, so als ob man in eine unbekannte Sonne blickte. Ich hatte Mühe, einen Schrei zu unterdrücken, so erfüllte mich dieser Anblick mit Schrecken.

Der Mann trat auf mich zu und befahl mir, vor ihm niederzuknien. Offenbar zeigte ich mich nicht demütig genug, denn er packte mich an den Haaren. In dieser Stellung, am Kopf festgehalten, verharrte ich keuchend. Ich wollte mich ihm entziehen, doch er hielt mich zurück. Ich hatte die Augen geschlossen und sah dennoch ständig dieses leichenhafte Gesicht vor mir, dessen Augenhöhlen von schwarzen Diamanten ausgefüllt waren.

Der Mann zog mich in seine Arme hoch und trug mich durch das Zimmer. Ich merkte, dass er meine Hände an einem in die Wand eingelassenen Ring befestigte. Ich hörte nicht auf zu keuchen, aus Angst und aus Entsetzen, ich fürchtete diesen übernatürlichen Blick ebenso wie das, was sich ankündigte.

Der erste Peitschenhieb geißelte meine Brüste mit voller Kraft, und ich bäumte mich auf. Weitere Hiebe folgten. Ich wand mich, bot meinen Leib unfreiwillig den immer heftigeren Schlägen dar.

Bei diesen Wonnen kommt ein Moment, da der Schmerz empfindungslos macht: Man leidet nicht mehr, die Hitze dringt einem bis zum Herz, man bietet sich selbst den Schlägen dar, man ruft sie herbei, man möchte immer weiter gegeißelt und geschunden werden. Gewiss, man leistet Widerstand, man fleht, man bittet, dass der Peiniger aufhören möge, doch gleichzeitig winselt man – ganz unvernünftig – darum, dass er fester zuschlagen möge. Genau das tat ich.

Ich hörte den Mann lachen und spürte seine Hände auf meinen wunden Hinterbacken. Er drückte sie auseinander, und sogleich riss er mich auf, ein ungeheurer Schmerz durchdrang meinen Körper. Der Schmerz aber vertiefte meine Wonnen.

»Weißt du«, sagte ich ihm viel, viel später einmal, »ich würde gern über einen anderen Körper verfügen, damit du diesen hier zerstören kannst. Neben dir versiegt mein Durst nach Leiden nie. Ich bin dir dankbar, dass du sie dir für mich ausdenkst. Nie war eine Frau vollständiger die Gefangene eines Mannes.«

Nach dem Gespräch mit Lin war ich ganz ruhig. Ich war mir mit einem Mal meiner Gefühle ganz sicher.

Ich wusste, dass ich auf IHN warten würde. Auf den Mann, den ich lieben konnte. Auf den Mann, der mich lieben und achten würde. Und erst diesem Mann wollte ich mich unterwerfen. So vollkommen und stolz wie Lin.

Ich wollte mich keinen hilflosen Schlägern und keinen

unsensiblen Unterdrückern mehr hingeben – oder so tun, als ob.

Auf einmal fühlte ich: Ich bin etwas Besonderes. Für andere mag ich nur sonderbar scheinen, pervers oder krank. Für mich jedoch war ich etwas Besonderes, etwas Wertvolles. Für mich sind seither alle Masochistinnen wertvoll. Durch ihre Veranlagung, durch die Intensität ihrer Gefühle. So etwas darf man nicht vergeuden.

Hingeben wollte ich mich, aber nur in der Gewissheit, dass diese Hingabe verstanden und angenommen, auf liebevolle Art beantwortet wird.

Demütig wollte ich sein und dabei wissen, dass ich es aus Liebe bin und nicht als Teil einer Inszenierung.

Wie naiv war ich doch zuvor gewesen, wie unwissend, wie unsicher. Ich merkte nun: Es geht nicht darum, wer der Stärkste, der Größte oder der Brutalste ist. Liebe ist die einzige Möglichkeit, als Masochistin Erfüllung zu erlangen. Im Grunde genommen hatte ich das schon vorher gewusst. Seit meiner frühesten Kindheit. Nein, nicht *gewusst* – aber *gefühlt.*

Hätte ich nur einmal genauer und tiefer in die geheime Welt meiner Kindheit geblickt! Der Vater aus meiner Fantasiewelt und später Jackson: hart waren sie gewesen, konsequent und streng. Darauf hatte ich auch später immer geachtet, wenn ich für Jackson einen Nachfolger in der Realität suchte: Hart musste er sein, streng und konsequent.

Aber die Männer in meinen Fantasien hatten noch etwas sehr viel Wichtigeres besessen, das ich bei meiner Suche nach dem realen Ersatz übersehen hatte: Sie hatten mich geliebt. Und ich sie nicht weniger.

Das ist das Wesentliche: Durch die Liebe erst wird der Schmerz zur Liebkosung, durch die Liebe erst wird Erniedrigung zur Erhöhung, durch die Liebe erst wird Demut zur Hingabe.

Das alles hatte ich gespürt, ganz früh, und in meiner Traumwelt richtig gelöst: Nicht im Geschlagenwerden erreichten meine Empfindungen ihren Höhepunkt, damals, als ich ein kleines Mädchen war – erst der Moment nach der Strafe, in den Armen des Vaters und später des Mannes, erst der Moment, in dem Liebe die Schmach zur Hingabe Werden ließ, brachte mich auf die höchste Stufe meiner Empfindungsmöglichkeiten.

Ich wusste es und war doch jahrelang leeren Hüllen nachgerannt. Ich hatte äußerliche Stärke gesucht, einer zwei Meter hohen, zwei Zentner schweren Hülle gedient – und dabei das Wesentliche vergessen.

Ich wollte auf IHN warten. Ich wollte mich für ihn bewahren. Das beschloss ich ganz fest nach dem Gespräch mit Lin, während ich durch den kalten Novembernebel nach Hause lief.

Ich wollte auf IHN warten – und das war eigentlich schon der Anfang meiner Demut und Unterwerfung. Ich wollte warten, bis ER kommt.

Ich wollte nicht mehr suchen. Ich beschloss: Ich werde nicht mehr mit ausgestreckten Armen durch die Welt laufen. ER wird mich erkennen, er wird wissen, was zu tun ist.

Ich war ganz erfüllt. Ernst und feierlich war mir zumute in dieser kalten Nacht, als ich den Fluss entlanglief: Ich wusste, dass er kommen würde.

Die Gewissheit, dass er käme, trug mich durch die nächsten Monate. Ich war ruhig und konzentriert und gleichzeitig viel offener geworden. Es war, als hätte sich mein Horizont um ein Vielfaches erweitert. Ich las endlich auch wieder andere Texte, besuchte Theateraufführungen, sah Kinofilme, in denen »das« ganz und gar keine Rolle spielte. Ich kaufte keine entsprechenden Magazine mehr und betrachtete die Männer in meiner Umgebung als das, was sie waren. Endlich hatte ich aufgehört, in jedes männliche Wesen verzweifelt die Wesenszüge eines Dominus zu projizieren.

»Bist du verliebt?«, fragten mich Bekannte. »Du hast so einen Ausdruck in den Augen.«

Ich antwortete nicht.

Was hätte es denn auch zu sagen gegeben? Verliebt? Nun – zumindest nicht im landläufigen Sinne.

Ich war nur einfach stolz, meiner selbst bewusst, meiner ganzen komplexen Natur als Frau mit all ihren Empfindungen. Ich war eine stolze Frau – und eine stolze Masochistin. Die Männerwelt stürzte sich in Scharen auf mich, kaum dass ich mich entschlossen hatte, ihr kein Interesse mehr zu schenken. »Du wirkst so unnahbar.« – »Es ist, als ob dich ein Geheimnis umgibt.« Ja, so was reizt!

Nun gut, die Männer ... Aber ich wartete auf IHN. Wenn es sein musste, ein Leben lang.

Ein Leben lang muss ich dann doch nicht warten. Im Gegenteil: Auf einmal geht alles ziemlich schnell.

ER kommt, weder Dominus in schwarzem Leder noch Rhett Butler. Einfach Mann und Mensch.

Doch erst mal kommt gar nicht er selbst, sondern ein Artikel von ihm in einer Frauenzeitschrift. Das Thema – wie sollte es anders sein – lautet: masochistische Frauen.

Meine erste Reaktion: Entrüstung. Wie kann sich ein Mann anmaßen, über Gefühle weiblicher Masochisten zu schreiben?!

Ich lese den Artikel zum zweiten, zum dritten Mal. Einigen Thesen kann ich zustimmen, andere lehne ich rigoros ab. Über vieles müsste man diskutieren, aber das geht ja nicht. Der Artikel schließt mit dem Satz: »In all diesen Frauen lebt eine Melancholie, eine Art Poesie. Flüchtig wie die Zeitlosigkeit, in die sie ihre Wünsche zwingen wollen. Flüchtig aber eindringlich: schwer, sehr schwer, sich ihnen zu entziehen.«

Dieser Satz lässt mich nicht mehr los.

Meine Empörung über einige andere Aussagen allerdings auch nicht. Also verschaffe ich meinem erhitzten Gemüt Abkühlung auf die einzige Art, die mir zur Verfügung steht: Ich schreibe einen Leserbrief. Einen verteufelt langen.

In den nächsten Nummern der Zeitschrift suche ich nach dem Abdruck meines Briefes – vergebens. Feiglinge, denke ich. Männer dürfen ihre Theorien natürlich verbreiten, aber wehe, eine Frau, eine wirklich Betroffene will mal was sagen …

Nach vier Ausgaben gebe ich auf: Der Leserbrief wird also nicht gedruckt. Ich vergesse den Brief und auch den Artikel. Die Zeitschrift übergehe ich fortan selbstverständlich auch.

Fast ein halbes Jahr später liegt ein Brief in meinem Postfach, dessen Absender mit unbekannt ist: Wolfgang Burger. Mein Gehirn rattert – doch Fehlanzeige: Der Name Wolfgang Burger sagt mir nichts.

Der Inhalt der vier maschinengeschriebenen Seiten, die sich in dem Umschlag befinden, sagt mir dafür umso mehr: Eine Antwort auf meinen längst vergessenen Leserbrief, und zwar, man höre und staune, vom Verfasser höchstpersönlich. Vor gut vier Monaten schon abgeschickt und dank meiner wiederholten Umzüge und der dazugehörigen Nachsendeanträge erst heute bei mir gelandet.

Es stellt sich heraus: Er schreibt mir unter seinem richtigen Namen, für die Veröffentlichung hat er ein Pseudonym benutzt.

Er hat mir einiges zu sagen. Kritische Anmerkungen und verhaltene Zustimmung zu meinem Brief und einen zurückhaltenden Vorschlag: Eine weitere Korrespondenz würde ihn freuen. Meine Zeilen hätten sein Interesse geweckt.

Ich lese seinen Brief immer wieder. Er gefällt mir. Die ruhige Bestimmtheit seiner Aussagen, die Selbstsicherheit, die gerade in seinem Zugeständnis eigener Unsicherheiten liegt, die Zurückhaltung, mit der er einen weiteren Kontakt vorschlägt.

Ich setze sofort ein Antwortschreiben auf und hetze zum Postamt.

Wolfgang Burger, Wolfgang Burger, Wolfgang Burger … Eine Telefonnummer ist auch angegeben. Ob ich mal anrufe?

Quatsch. Der Mann hat sicher Frau und Kinder. Und was, bitte, soll ich dieser Frau dann am Telefon sagen? Berufliche Angelegenheit … Klar, was denn auch sonst: Ein anderes Interesse hat dieser Mann schließlich gar nicht an mir.

Er wohnt in einem Hundert-Seelen-Dorf bei Heidelberg. Gut drei Stunden von hier.

Wird er antworten? Ich schwänze die Vormittagsvorlesungen, weil in dieser Zeit der Briefträger kommt. Irritiert registriere ich, dass es mit meiner Ruhe vorbei ist – und zwar gründlich. Ich spinne ja wohl total: Ich kenne diesen Mann doch überhaupt nicht!

Als nach einer Woche immer noch keine Antwort da ist, beginne ich, mich abzulenken. Alberne Ziege, sage ich zu mir, siehst ein paar Zeilen von einem, der etwas älter, reifer und sicherer ist – und schon fängt es wieder an! Suchst in jedem einen Beweis seiner Dominanz. Über dieses Stadium warst du doch eigentlich hinaus, oder? Na also!

Ich verordne mir lange Spaziergänge, unterhaltende Filme und jede Menge Studienlektüre. Mit Erfolg: Zwei Wochen nach meinem hysterischen Antwortbrief kann ich die Philosophie Hegels herunterbeten und mich kaum mehr an irgendeinen Wolfgang Burger erinnern.

Und dann trifft das Telegramm ein. *Sein* Telegramm. »Ankomme Montag, Hauptbahnhof, achtzehn Uhr. Wolfgang B.«

Ich laufe im Kreis herum. Halb hysterisch, halb entrüstet. Montag, das ist heute. Achtzehn Uhr, das ist in vier Stunden. Ich weiß ja noch nicht mal, wie er aussieht. Und er auch nicht, wie ich aussehe. Wie sollen wir uns denn da finden?

Aber Moment mal: Wer sagt denn überhaupt, dass ich da hingehen werde?

Er natürlich. Das Telegramm macht es ja deutlich genug. Also: Was ziehe ich an? Jeans – oder lieber das schwarze Kleid?

Ob er mich zum Essen ausführen will? Aber was ist, wenn er mit hierher will? Mein Blick schweift über das Chaos in meiner Studentenbude: kein freier Fleck.

Wieso eigentlich bin ich so aufgeregt? Wegen eines harmlosen Journalisten, der ein Thema aufgegriffen hat, das mich zufälligerweise betrifft? Weil er – aus rein beruflichen Interessen – an einem Gedankenaustausch interessiert ist? Wieso also dieses Theater? Wahrscheinlich ist er nur zufällig hier in der Gegend.

Und wenn er ein aufdringlicher alter Mann ist? Nach meinem überhitzten Brief muss er sich ja denken: Die Kleine braucht's wahrhaftig dringend!

Schluss mit dem Blödsinn: Ich gehe nicht hin!

Rasch noch einmal in seinen Brief gucken …

Ich wühle mich eine halbe Stunde durch Papierhaufen. Endlich: der Brief! Noch einmal Wort für Wort gelesen.

Was für ein Mensch ist das? Er schreibt so einfühlend. Herzklopfen. Na und – das ist halt seine Masche! Oder …?

Was also ziehe ich an? Ich möchte ganz unbeteiligt wirken, und dementsprechend werde ich mich anziehen. Nebensächlich, cool …

Am Ende bringt er jemanden mit? Einen Kollegen vielleicht? Oder eine Frau? *Seine* Frau?

Überpünktlich um Viertel vor sechs stehe ich auf dem Bahnsteig. Die Zeitschrift mit seinem Artikel, die ich als Erkennungszeichen mitgenommen hatte, liegt inzwischen in einem Papierkorb. Mein einziges Zugeständnis war die Mühe, das Gleis herauszufinden, auf dem der Zug aus Heidelberg einfährt. Und wenn er nicht von dort kommt?

Verspätung.

Ich überlege, wohin mit meinem Blick, wenn der Zug kommt. Jede Richtung ist peinlich. Auf den Zug stieren? Einfach zu direkt! In die Gegenrichtung? Zu offensichtlich cool und deshalb auch schon wieder peinlich. Auf den Boden? Na klar, die devote Masochistin weiß eben, wie es sich gehört – immer schön demütig, ganz gleich wer kommt! In die Luft vielleicht? Da muss ich selber lachen.

Mist.

Als der Zug schließlich einfährt, starre ich verzweifelt auf den Fahrplan rechts von mir. Die Abfahrtszeiten überschlagen sich in meinem Kopf.

Ein unauffälliger rascher Blick in die Menge, die sich Richtung Ausgang bewegt. Der Alte mit dem Hut? Nein, zu beamtenhaft für einen Journalisten. Vielleicht das Pärchen dort? Nein, da ist ein Kind dabei. Der junge Mann im Anzug? Zu bieder, oder? Der Langhaarige? Nein, der Hund passt nicht ins Bild.

Sonst ist keiner mehr da.

Mein Magen knurrt. Die Abfahrtszeiten verschwimmen

vor meinen Augen. Noch eine Minute, rede ich mir beruhigend zu, und dann nichts wie weg!

»Guten Tag!«, höre ich eine Stimme von hinten.

Ich fahre herum, schlage ohne Absicht mit meiner Handtasche nach dem ahnungslosen Begrüßer. »Verzeihung …«

Zwei blaue Augen hinter einer runden Brille. Weit über mir. Dunkle Haare, graue Strähnen. Trenchcoat. Glatt rasiertes Gesicht. Sensible Lippen.

Ach so, nicht vergessen, die Hand zu schütteln. »Guten Tag …«

Er sagt was von einem überraschenden Termin in der Gegend. Wusste ich's doch: Nichts als die praktische Verbindung beruflicher Interessen.

Ach so, die Hand wieder loslassen.

Wir laufen zum Ausgang, hinaus auf die Straße.

Und jetzt?

Er rettet: »Dort drüben ist ein Café.«

Dort sitze ich ihm gegenüber, und sogleich stellt sich wieder das leidige Problem: Wohin mit meinem Blick? Die Teekarte! Hoch und runter. Vorwärts und rückwärts.

»Einen Kaffee«, sage ich zu der Bedienung.

Er lacht.

Ich blicke auf die Teekarte und laufe rot an. Das merke ich zu allem Überdruss immer ganz genau. Ich beneide die Menschen, die rot werden und es nicht merken müssen. Die letzte Rettung: die Toilette.

Vor dem Spiegel warte ich, bis sich meine Gesichtsfarbe wieder halbwegs normalisiert hat. Tief durchatmen. Wie stellst du dich nur an! Und wenn ich einfach durch den Hintereingang …?

Nichts da! Ich gehe, wann ich will – und das frei und offen! Kopf nach oben, stolzer Gang.

So setze ich mich ihm wieder gegenüber.

Er ignoriert das. Erzählt von sich, von seinem Leben,

und dass er neugierig war, nach meinem ersten Brief und noch mehr nach meinem letzten.

Schon wieder werde ich rot. Da ist nichts zu machen.

Es stecke viel Sehnsucht in meinem Brief, trotz des burschikosen Tons, findet er.

Aha. Der Herr Psychologe. Das hat er zuerst gemacht, Psychologie.

Mir gefällt, wie er spricht. Seine Hände bleiben ruhig dabei. Ich hasse es, wenn allzu eifrige Erzähler jedes Wort mit wilden Handbewegungen untermalen.

Er will sich ein Hotel suchen und später mit mir essen gehen.

Umsonst aufgeräumt. Na ja, geschadet hat's sicherlich nicht.

Er will mit mir Essen gehen. Ich starre hilflos auf meine verblichenen Jeans.

»Wo du willst. Du kennst dich ja hier aus.«

Seine Stimme ist unendlich tief und ruhig. Sie berührt mich irgendwo ganz tief in meinem Innersten. Ich fühle mich beruhigt wie ein Kind vom Klang eines alten Kinderliedes, der Stimme der Mutter. Ruhe. Frieden.

Dann Panik. Ich springe auf. »Ja gut, um acht wieder hier. Ich denke mir was aus. Ich muss vorher noch was erledigen«, presse ich hervor und stürze aus dem Café.

Nein, nein, nein. Irgendwas macht mir Angst. Die Stimme. Der ganze Mann. Ich muss da raus! Ich verbarrikadiere mich in meiner Wohnung. Klingel abstellen, Telefonhörer aushängen, Kopfhörer auf die Ohren, Decke über den Kopf. Mir doch egal, was er denkt!

Ich schlafe ein.

In der Nacht wache ich auf. Zwei Uhr dreißig.

Er hat auf mich gewartet, und ich bin nicht gekommen.

Jetzt macht sich plötzlich eine andere Panik in mir breit:

Und wenn ich ihn verliere? Unsinn! Was heißt »verlieren«? Du hast ihn nie gehabt! Du hast mit diesem Mann gerade mal eine Stunde gesprochen. Trotzdem …

Ich bin völlig aufgewühlt. Ich weine in die Kissen. Stundenlang.

Allein. Wie ein verlassenes, vergessenes Kind. Das Kinderlied ist weg, die Stimme …

Meine narzisstische Seele schreit auf: Er hat *mich* angesprochen, *mich* berührt, die Versteckte, Verborgene, nicht die Hülle, nicht die Power-Frau – *mich.*

Im Morgengrauen schreibe ich den diffusesten und längsten Brief meines Lebens. Mit nüchternem Magen renne ich zur Post: Macht doch auf, macht doch endlich auf!

Endlich! »Eilpost, Express und Blitz, bitte!«

Der Beamte lacht. »Das muss ja die ganz große Liebe sein …«

Wird er sich noch mal melden?

Wird er mir verzeihen?

Diese Stimme … Diese Augen … Diese Hände … Sieh an, plötzlich achtest du auf dasselbe wie normale Frauen: Auf Hände, Stimme, Augen. Vielleicht war ich ja vorher noch nie verliebt gewesen?

Und wenn ich einmal anrufe? Er hat gesagt, er lebt allein, ist ledig. Mein Herz klopft.

Ich wähle die Nummer. Freizeichen. Knack. »Burger.«

Mein Herz bleibt stehen. Ich lege auf.

Warten. Ich kann weder lesen noch schreiben. Nicht mal einen Film verfolgen.

Wolfgang, Wolfgang.

Er schreibt nicht.

Er schreibt nicht!

Kein Wunder. So bescheuert stellt sich keine an!

Warten.

Dann halte ich es nicht mehr aus. Ich rufe an. Die Angst, mich zu blamieren, ist dahin. Ich will, ich will, ich will …

Er lacht, als ich mich melde. Die Stimme … Meine Knie versagen. Er hat gerade einen Brief losgeschickt. War ein paar Tage verreist. Ich soll doch mal kommen, am Wochenende.

»Du kleiner Wildfang«, sagt er irgendwann einmal. Ganz lieb.

Ich höre mir staunend zu. Der Klang meiner Stimme: ganz neu, ganz verändert, ganz weich, ganz leise.

Ich, die ich sonst wild drauflosrede, kaum zum Luftholen komme, ich, die wilde Powerfrau: »Kleiner Wildfang …«

In der Zeit, die bis zum Wochenende verbleibt, bin ich so aufgeregt, dass ich zu platzen drohe. Ich stelle mir seine Stimme vor, und schon diese Vorstellung lässt ganz tief in mir einen Punkt reagieren, den ich noch niemals vorher gespürt habe, der verborgen war bisher. Ich weine ständig – nicht aus Trauer, nicht aus Glück. Es ist ganz sonderbar …

Er holt mich vom Zug ab. »Na, du?« Er lacht.

Wir reden, reden, reden. Ich erzähle mein Leben. Erzähle von meinen Gefühlen, meinen Gedanken.

Ich schlafe bei ihm. Im Wohnzimmer. Auf dem ausgeklappten Sofa. Keine Berührung.

Dann Briefe. Und am Wochenende wieder: reden, reden. Er erzählt von seinen Gefühlen. Er sagt, dass er eine Frau unterwerfen will. Aber auf sehr subtile Art. Liebevoll. Er sagt, dass er das überhaupt nur kann, wenn er liebt.

Ich schlafe wieder auf dem ausgeklappten Sofa. Keine Berührung.

Briefe. Ich laufe wie in einem Dauerrausch durch die Straßen – an den Tagen, die ich allein in meiner kleinen Wohnung verbringe. Ich habe nur einen Gedanken, Tag und Nacht: Wolfgang. Ich bin ganz weich und aufgelöst schon in Gedanken an ihn.

Dann tritt Angst auf, ganz große Angst. Dieser Mensch trifft das Tiefste in mir, er weiß so viel von mir – doch er hat noch nie etwas von *uns* gesagt.

Es kommt eine Woche, in der er sich nicht meldet. Ich breche beinahe zusammen. Wolfgang, Wolfgang!

Am Ende der zweiten Woche heißt meine Antwort: Er will mich nicht. Ich hätte das schon längst merken müssen. Er will mich einfach nicht. Ich habe umsonst gefühlt. Vergeudete, einseitige Liebe.

Ich zwinge mich zur Härte. Sie tut mir weh. Ein letztes Mal will ich ihm gegenübertreten, stolz und kalt. Er hat so viel von mir, es kann nicht einfach so zu Ende gehen.

Ohne Voranmeldung stehe ich eines Tages vor seiner Tür. Ich suche nach Zeichen, nach verräterischen Spuren. Ich rechne mit allem: mit seiner Abwesenheit, seiner Gleichgültigkeit, mit einer anderen Frau.

Er öffnet.

Er ist allein. Und seine Stimme klingt liebevoll.

Ich stolziere an ihm vorbei ins Wohnzimmer.

Ich wolle mich nur verabschieden, sage ich spitz. Und dann koche ich über, überschütte ihn mit einem langen, unwichtigen Monolog aus angestauter Wut und Verbitterung.

Er hört zu. Und dann nimmt er mich in den Arm. Ich wehre mich, stoße, kreische. Doch er hält mich fest. Und meine Abwehr bricht zusammen, meine Starrheit, meine Kälte, die Schutzmauern. Ich weine eine ganze Nacht in seinen Armen. Ich ergebe mich. Ich gebe mich hin. Er hält mich fest, er streichelt mich.

Diese Nacht dauert ewig.

»Ich will dir wehtun«, sagt er plötzlich, und ich antworte: »Ja, bitte, tu es!« Ich sage es aus tiefstem Herzen. Aus dem Herzen heraus, nicht mehr aus dem Kopf oder aus körperlicher Lust. Ja, ja, ja, du sollst mir wehtun, nur du! Er schlägt mich mit einem Lederriemen. Ich schreie, weine und bettle. Er schlägt weiter. Hart und liebevoll zugleich. Ich bäume mich auf, einen kurzen Moment nur. Der Schmerz zwingt mich zur Hingabe. Ich gebe mich auf. Offen und ungeschützt liege ich vor ihm. Ich schaue ihn an. Ich weiß genau, dass er mir nur Gutes tun wird. Er wird mich nicht verletzen, er wird auf meinen Körper Acht geben wie auf seinen eigenen.

Er achtet mich, achtet meine völlige Hingabe. Er hält mich fest, er streichelt mich. Streichelt über die Striemen auf meinem Körper. Ich schließe die Augen. Das ist mein Glück. Das ist meine Erfüllung: die Wärme, die Liebe, das Streicheln jetzt nach dem Schmerz.

Die Erfüllung, die ich als Kind erfahren habe, in meiner selbsterschaffenen Welt, in meinen selbsterfundenen Beziehungen, erlebe ich nun in erwachsener Form. Nie zuvor hatte ich diese Gefühle in der Wirklichkeit wiedergefunden. Sich hingeben, sich in die Hände eines Stärkeren geben und wissen, dass man nicht erdrückt wird und nicht fallen gelassen wird: das ist die Erfüllung.

Darauf habe ich gewartet mein ganzes Leben lang.

Ich bin nichts mehr, weil ich mich so völlig gebe in diesem Moment. Und doch bin ich gerade dadurch alles.

Ich bleibe. Ich fahre nicht mehr zu meiner Wohnung, nicht mehr in meine Stadt zurück.

Ich laufe durch Heidelberg. Eine fremde Stadt. Ich fühle mich wie eine Auserwählte mit Heiligenschein.

Ich liebe alle Menschen, ich strahle von innen heraus. Die Menschen sehen mich an und lächeln zurück. »Du siehst so glücklich aus«, sagt mir ein völlig unbekannter Mensch.

Ich denke an Lin. Jetzt erst weiß ich, wie das ist: sich wirklich ganz und gar hinzugeben – aus Liebe.

Ich habe immer geglaubt, die große Liebe, die Erfüllung, die ich suche, würde wie ein tosender Sturm sein, ein Vulkan aus Leidenschaft, Schmerz und Liebe, wild in mir wütend, ungestüm. Doch alles ist ganz anders.

Da ist diese göttliche Gewissheit in mir: Alles ist wahr und richtig, ich bin angekommen. Mehr gibt es nicht zu sagen – einfach nur: endlich angekommen. Bei diesem Mann, der keine Brutalität und keine Lederkleidung braucht, um seine Überlegenheit zu demonstrieren, bei diesem Mann, dessen Güte und Liebe, dessen Blick allein mich in die Knie zwingen. Ich verflüssige mich, ich laufe aus, fließe in seine Hände: Forme mich, so wie du willst!

Ich möchte geschlagen werden. Ich möchte, dass er mir wehtut, sehr wehtut, und sehr lange. Dass er Schmerz und Liebe gibt.

Die Spannung davor. Die Gewissheit, dass er mich züchtigen wird. Dass er es hart tun wird und doch mit Liebe.

Dann endlich der Moment der Züchtigung. Ich liege vor ihm. Ausgeliefert, weil ich ausgeliefert sein will und meine Liebe zu ihm dies fordert.

Der Schmerz. Aufbäumen. Abwehr. Aber: Mach doch weiter, mach doch weiter! Schlag um Schlag. Hitze in meinem Leib. Auflösung, Empfänglichkeit, Lust.

Der Höhepunkt. Ich explodiere, ich gebe mich in langen Zuckungen, in weichen Wellen. Erlösung.

Er fängt mich auf. Mit schützender, sicherer, mit liebender Hand.

Dieses bittersüße Glück!

Alles passt. Alles stimmt. Da ist nichts inszeniert. Erst meine Erfahrungen mit Wolfgang machen mir klar, dass es ebendiese Inszenierungen waren, die mich bisher gestört haben, bei meinen eigenen Erlebnissen ebenso wie bei den Geschichten von anderen masochistischen Frauen.

Wolfgang braucht keinen Folterkeller und kein Ritual. Wir spielen nicht das Sklavin-Herrscher-Spiel, das ich zum Beispiel mit Mario spielen musste. Ich beschließe nicht, von dann bis dann Sklavin zu sein. Ich kostümiere mich nicht. Mein Masochismus, mein Wunsch, Schmerz zu empfinden und unterworfen zu werden, und sein Verlangen, mich zu beherrschen, sind kein beliebiger Bestandteil unserer Beziehung. Sie *sind* unsere Beziehung.

Und deshalb ist die Spannung, die das Wechselspiel zwischen seiner Dominanz und meiner Devotheit ausmacht, auch allgegenwärtig. Beim gemeinsamen Einkauf ebenso wie im Theater, beim Kochen wie im Bett.

Es gibt keine festgelegten Spielregeln und Zeiten. Wenn er mich schlagen will, dann tut er es. Wir ziehen uns nicht vorher um, wir steigen in keinen Keller, in keine andere Welt, schlüpfen in keine Rollen.

Alles ist ganz natürlich, selbstverständlich und kommt allein aus uns, entspringt unseren Persönlichkeiten. Es ergibt sich gleichsam wie von selbst.

Ich liebe und werde geliebt. Als Kind, als Geliebte und als Frau.

Ich werde geschlagen und liebkost, gedemütigt und in den Himmel gehoben.

Ich will nichts mehr analysieren, nichts mehr begreifen.

Ich will nur noch genießen:

Mein Anderssein, meine Widersprüchlichkeit. Mein Leiden. Mein Glück.

Schritte nähern sich. Deine Schritte.
Es ist Abend geworden. Viel zu schnell.
Heute Abend …

Dein Blick ruht auf mir. Ruhig, entschieden.
Ich gebe mich hin.
Deiner Liebe. Deiner Stärke.
Dem Schmerz.
Unserem Glück.

Masochismus als Chance

Frauenbewegung und weibliches Fühlen

Alice Schwarzer hat mich ins Abseits gestellt. Und mit mir all die anderen Frauen, die Lust und Glück in einer demütigen, unterwürfigen Haltung Männern gegenüber suchen und finden.

Es geschah im Februar 1988 in einer ARD-Fernsehdiskussion um das heiß umstrittene Pornogesetz. »Unmenschlich, entwürdigend, frauenfeindlich, ja kriminell«, so charakterisierte Frau Schwarzer die Frauenfotos in Sexmagazinen.

Doch es waren nicht ihre Ansichten zum Thema Pornografie an sich, die mich damals so betroffen machten und noch heute betroffen sein lassen. Es war eine Äußerung eher am Rande der Diskussion.

Auf die Frage, was sie denn dazu sagen würde, dass sich Frauen ganz offen dazu bekennen, Lust dabei zu empfinden, sich in dieser Weise ablichten zu lassen, ja es gar aufregend fänden, diese Hefte zu lesen, schränkte Frau Schwarzer ihr Verdikt gegen die Sexmagazine ein. Es gäbe durchaus welche, die sie nicht als entwürdigend und menschenfeindlich empfände. Es ginge ihr aber – wie vielen anderen (zustimmendes weibliches Raunen) – um diese harten Brocken, diese diskriminierenden und frauenverachtenden Bilder und Schriften.

Auf den Wunsch, Beispiele zu nennen, trumpfte Frau Schwarzer auf: Aber ja doch, es gäbe genug! Sie zeigte mehrere Abbildungen: Frauen in Ketten, Frauen in Käfigen, unter den Stiefeln eines Mannes, unter seiner Peitsche,

Frauen in Fesseln, Frauen in Gummi, in Leder. »So was«, erklärte sie, und ihre Stimme überschlug sich fast vor Erregung, »so was ist pervers, menschenunwürdig, das Letzte!« Einwand aus dem Zuschauerraum: Aber vielleicht gefällt das manchen Frauen ja auch ...

»Das hätten Sie wohl gern«, fuhr Frau Schwarzer ihn an. So was wolle keine Frau, keine freie, keine gesunde Frau. Zu so was würden Frauen gemacht, zu so was würden sie gezwungen. Sie würden herabgesetzt zu Lustobjekten perverser und frauenverachtender männlicher Begierden. Keine Frau der Welt wolle das freiwillig. Keine einzige ...

Doch, sehr verehrte Frau Schwarzer, es *gibt* Frauen, die sich freiwillig einem Mann unterwerfen. Sehr viele sogar. Und ich bin so eine.

Ich bin gegen jede Unterdrückung wehrloser Menschen, ich kämpfe gegen Gewalt und gegen Ungerechtigkeit, gegen Benachteiligung von Minderheiten und von Frauen.

Ich habe Ihre Bücher gelesen, Frau Schwarzer, ich habe für Frauenhäuser gesammelt, bin auf die Straße gegangen für Chancengleichheit und für das Recht auf weibliche Selbstbestimmung.

Doch dieses Recht nehme ich auch für mich selbst in Anspruch: das Recht auf Selbstbestimmung.

Und ich sage Ihnen hier und heute und im Namen vieler gleich gesinnter Frauen: Es gibt uns – die, die Sie nicht wahrhaben wollen.

Ich bin eine freie, ich bin eine emanzipierte Frau. Und ich will in Ketten liegen, und ich will gepeitscht werden – und zwar von einem Mann.

Ich sehe darin überhaupt keinen Rückschritt. Nein, ich sehe darin vielmehr die Realisierung einer Idee, die von Ihnen mitbegründet wurde und mitgetragen wird.

Nehmen Sie uns zur Kenntnis. Registrieren Sie uns als

Beispiele einer geglückten, glaubwürdigen und tragfähigen Emanzipation. Akzeptieren Sie uns als selbstbestimmte Frauen, denen das Recht auf ihr Glück, auf ihre Lust, auf ihre Erfüllung genauso zusteht wie allen anderen Frauen.

Alice Schwarzer bildet beileibe keine Ausnahme. Fast immer wird der Wunsch, unterworfen zu werden, missverstanden. Bedeutet dieser Wunsch für die einen Anlass zur Furcht um die eigene Freiheit, so wird er von anderen oft dankbar benutzt als Argument gegen die Frauenbewegung. Zu Unrecht. Der Wunsch nach Unterwerfung ist keine Absage an die eigene Freiheit oder die Emanzipationsidee. Genauso wenig ist er als Bestätigung des Patriarchats zu verstehen oder als Einwilligung in die perverse Misshandlung von Frauen.

Der Masochismus, den ich meine und den ich leben will – wie so viele andere Frauen auch –, ist eine Liebesform, die Grenzen zu sprengen vermag. Jene Grenzen, an die alle anderen Beziehungsformen immer wieder stoßen.

Und er ist nicht nur Liebesform, sondern mehr noch: eine ganz besondere Art der Existenz. Ich liefere mich aus: dem Mann, dem Schmerz, der Lust – und damit dem ganzen Leben. Ich löse mich auf im Schmerz, ich werde bloße Existenz, und durch die Reduzierung auf meine pure Existenz kann ich auch erst wirklich werden. Mensch werden. Frau werden. Empfänglich, verletzbar, beglückbar.

Diese Gefühle und Empfindungen sind viel zu wertvoll, um als Argumente im Kampf für oder gegen die Frauenemanzipation missbraucht zu werden.

Der Schmerz als Mittel zur Überwindung eigener Grenzen, als Weg zur wahren Erkenntnis ist nicht von ungefähr historisch vielfach belegt.

In sämtlichen Religionen, insbesondere den östlichen, spielen Erfahrungen von Schmerz und Leiden als eine Möglichkeit, Gott nahe zu kommen, als Möglichkeit zur Reise in das Innerste, in das Wahre, eine große Rolle.

Auch das Christentum kennt die Idee von diesem Weg zu Gott. Ein Mensch, der leidet, der Schmerzen hinnimmt, wird dadurch in einen Zustand gebracht, der ihn zur Konzentration zwingt, zur Aufgabe alles Unwesentlichen, aller Äußerlichkeiten, zur Besinnung auf sich, auf den Schmerz – und auf den, der da kommen wird.

Konzentration, Empfänglichkeit, Besinnung, all das erfahre ich als masochistische Frau. Allerdings empfange ich keine göttliche Botschaft irgendeiner Religion. Ich empfange, ausgeliefert und schutzlos und damit in aller Intensität, die Liebe und die Zärtlichkeit des Mannes, den ich liebe.

Ich gebe mich – aber immer, um viel mehr, Neues, anderes *von ihm* zu erhalten.

Ich gebe mich, um empfangen zu können.

Ich leide, um glücklich zu werden.

Ich unterwerfe mich, um aufgehoben zu werden.

Ich erniedrige mich, um erhöht zu werden.

Das Leben und das Liebesleben der meisten Frauen heute kommen mir so kalt vor, so lieblos, so eingefahren. Ich begreife nicht, dass die Normalität erstrebenswerter und richtiger sein soll als *meine* Art zu leben und zu lieben.

Es gibt keinen richtigen und keinen falschen Weg in der Liebe. Es gibt Millionen Frauen mit Millionen Wünschen und Abermillionen von Möglichkeiten, diese auszuleben.

Der Masochismus ist *eine* Möglichkeit.

Für mich die schönste.